ト』

五五調訳シェイクスピア
シリーズ〈4〉

今西 薫

Kaoru Imanishi

風詠社

まえがき

シェイクスピアの劇団を「国王一座」に格上げしたジェイムズ一世は、スコットランド人で、魔法に興味を抱いていた人物である。そうした理由もあり、シェイクスピアは『マクベス』を書き、上演したと、私の七五調訳シリーズ〈2〉『マクベス』の「まえがき」に記したが、この『テンペスト』（1611）も明らかにジェイムズ一世を意識して書かれたものである。

『テンペスト』は、ジェイムズ一世の娘である王女エリザベスとドイツのパラタイン候との婚約（1611）と結婚（1612）を祝う行事の一つとしてロンドンのホワイト・ホールで上演された。

ジョン・フレッチャーとの合作だとされる『ヘンリー八世』は別として、『テンペスト』はシェイクスピア独自の36作品のうちの記念すべき最後の作品である。主人公プロスペロは、魔法の本を耽読し、研究したミラノ大公である。劇の終わりのエピローグで、シェイクスピアを代弁して、プロスペロは「私の魔法 消えました」と語る。劇という魔法を観客にかけるのはもうこれで終わりだという意味である。

シェイクスピアの作品には種本があり、庶民に興味がある事件なども取り上げられている。七五調訳シリーズ〈1〉

3

の『ヴェニスの商人』では、ユダヤ人によるエリザベス一世暗殺未遂事件がヒントになっていた。今回は、バーミューダ島沖で1609年にイギリスからアメリカのヴァージニアに植民を希望する人たちを乗せた「海洋冒険号」が、座礁した事件がヒントになっている。

座礁した乗組員の生存は絶望視されていたが、彼らは全員無事に島に上陸していて、9ヵ月ほどその島で暮らした。その間に二隻の小型の船を建造し終え、それに分乗し、無事に北米大陸のヴァージニアに到着したのである。このニュースが数ヵ月後にイギリス本国に伝えられ、人々の大きな関心を呼び、『バーミューダ島発見記』などの実録記も広く読まれた。これに触発されて、シェイクスピアが『テンペスト』を作ったことはほぼ間違いない。

他に、フランスの哲学者モンテーニュの理想郷の考えがゴンザーロによって語られているし、ドイツの劇作家ヤーコブ・アイラーの『麗しのジデア姫』などから話の筋を模倣した可能性も指摘されている。

この作品はシェイクスピアの最後のものであるから、当然、後期の作品にみられる「権力闘争よりも和解、正義よりも調和、報復よりも赦し」が主要なテーマとなっていて、穏和な調子が妖精エアリアルの音の調べのように作品全体に流れている。

七五調訳シリーズ〈3〉の『リア王』のあとがきにも書いたが、この作品においても『リア王』の改作と同じよう

なことが起こっている。王政復古期になると、エンターテインメントの要素が強いものが好まれ、シェイクスピアの原作は、ウイリアム・ダヴェナントとジョン・ドライデンによって改作され、19世紀半ばまでこの改作が主に上演されていた。今は原作が上演されているが、将来はどうなるのだろうか。

目次

登場人物

プロスペロ	正当なミラノ公
ミランダ	プロスペロの娘
エアリアル	大気中に住む妖精
キャリバン	島に住む野蛮で醜い男
アロンゾ	ナポリ王
ファーディナンド	アロンゾの長男
セバスチャン	アロンゾの弟
アントニオ	プロスペロの弟
ゴンザーロ	ナポリの誠実な老顧問官
エイドリアン	貴族
フランシスコ	貴族
トリンキュロ	道化
ステファノ	ワイン好きの執事

船長　水夫長　水夫たち
精霊たち（アイリス　ケレス〔エアリアルの扮装〕ジューノ）
水の妖精たち
稲刈りをする農夫〔妖精〕たち

場面　　海上の船中　孤島

第1幕

第1場

海上の船の中

（雷 稲妻を伴う激しい嵐の音 船長と水夫長が
別々に登場）

船長

　水夫長！

水夫長

　はい 船長 何でしょう？

船長

　おい 水夫らに言っておけ
　迅速な行動だ 見えぬ座礁に 乗り上げる！
　急ぐのだ さあ早く！ （退場）

（水夫たち登場）

水夫長

さあ元気出せ「勇気だ！ 力だ！」[1]
おーい おい！ 上の帆を 下ろすのだ！
船長の笛 よく聞けよ！
——風よ吹け 勝手気ままに 吹き荒れろ

(アロンゾ セバスチャン アントニオ ファーディ
ナンド ゴンザーロ その他登場)

アロンゾ

水夫長 気をつけてくれ
船長はどこ？ みんな頑張れ！

水夫長

お願いだから 船内へ

アントニオ

船長は どこなんだ?!

水夫長

船長の笛が高鳴り 危機迫る
仕事の邪魔だ 船室でじっとして
あなた方 嵐 後押し するようだ

ゴンザーロ

さあ落ちついて

水夫長

海が落ちつき 静まるまでは どうか下へと
王さまの名において 海が鎮まるわけがない
船室でお静かに 邪魔はしないで

ゴンザーロ

どなた乗船されてるか 知っているのは
殊勝な事だ

水夫長

乗船してる自分一番「首相」だよ
顧問官だろ あんたの仕事 大自然に命令し
黙らせてくれるなら 俺たちは もうこれ以上
ロープなんかは いらないぞ
権力ここで 奮ってほしい
それができなきゃ 年を取るまで
生きてた事を 感謝して
船室戻り 覚悟を決めておく事だ
万が一 そうなった時 困らぬように
さあどいて 邪魔なんだから （退場）

ゴンザーロ

この男 見ていると 安らげる
顔には溺死の「相」はない どう見ても縛り「首」
それで「首相」に なるわけだ
運命よ 逆さ吊り 絞首刑まで 持ち堪えろよ
この我ら 生き延びるため 首吊り縄を 錨綱にと
使わせてもらいたい それ命綱！

この男 生まれついての 縛り首 そうでないなら
我らの命 風前の灯火だ （一同退場）

（水夫長登場）

水夫長

　トップマストの帆 下ろすのだ
　さあみんな 早く下へと もっと下
　メインマストで 走らせろ
　（内で叫び声）何という 叫び声
　自然の音より まだ高い
　我らの作業 する声よりも はるかに高い

（セバスチャン アントニオ ゴンザーロ登場）

また来たか！ 何の用事があるんだい
転覆し 溺れたいのか？

セバスチャン

　ひどい言い方！ 怒鳴り散らして 罵詈雑言で

水夫長

　そう言うのなら 自分でやりな

アントニオ

　縛り首だぞ 横柄なその態度
　溺れるなんて 恐れておらん

怖がってるの おまえだろ

ゴンザーロ

この船は脆い事 クルミの殻で

水漏れは 失禁症の女性並み

この男 溺死はしない 保証する

水夫長

船首風上！ 風上に向け 進むのだ！

風に乗れ！ 帆を二つ張れ！

沖へ出ろ！ 沖に向かって 航行だ！

（びしょ濡れになった水夫たち登場）

水夫たち

もうダメだ 祈るしかない

祈りあるのみ オシマイだ （退場）

水夫長

我らの口も 冷たくなるぞ

ゴンザーロ

王と王子が お祈りをなさってる

我々も加わろう 同じ境遇なのだから

セバスチャン

堪忍袋の 緒が切れた

アントニオ

この酔いどれに騙された 大ぼら吹きの悪党め

潮が十回 満ち引きしてる その中で
おまえなんかは 溺れ死ね！

ゴンザーロ

大口開けて 彼を飲み込む手筈をしても
水のすべてが反対し 彼は結局 縛り首
（内で大混乱の音）
おお神よ！ 船が割れるぞ！ 壊れるぞ！
お別れだ 妻や子よ さようなら 兄弟よ！
船が裂けるぞ 真っ二つ！

アントニオ

王と共に 沈みゆく （退場）

セバスチャン

お別れの 最期の言葉 （退場）

ゴンザーロ

もう こうなると 広大な海いらぬから
小さな土地が一つだけ 荒地でも
ハリエニシダに覆われた 野原でも
どこでもいいぞ それ以上望まない
だから死にたい 土の上

第2場

島　プロスペロの住む岩屋の前

（プロスペロ　ミランダ登場）

ミランダ

　お父さま 魔力によって

　海があれほど 荒れるのならば

　どうかそれ おやめください

　恐ろしい高さから 天が水 降り落とし

　海が空 その頬に 恐ろしいほど

　触れる高さに 昇りゆき

　天の火を 消し去るほどに…

　悲惨な人を 見ていると

　私まで悲痛な気持ち 湧き起こります

　きっと高貴な人たちが 乗ってた船は

　粉々に砕け散ったわ 叫び声 私の胸を散り散りに

　哀れな人ら 亡くなられたわ

　神の力が 私にあれば

　大地の下に 海を沈めていたでしょう

　でも 船は 乗客を乗せ 海に飲まれてしまったわ

プロスペロ

　落ちつきなさい 恐れる事は何もない

哀れみ抱くその心 安心させよ

危害は何も 加えておらん

ミランダ

ああこんな 恐ろしい日が…

プロスペロ

危害はゼロだ おまえのためにした事だ

可愛いおまえ 大事な娘 そのために！

自分が誰か知らずして 私の昔知らずして

ただ一介の プロスペロ

岩屋の主人<ruby>岩屋の主人<rt>あるじ</rt></ruby> ただの父親 それしか知らぬ

ミランダ

それ以上 知りたいなどと 思った事はありません

プロスペロ

今ここで それ以上語るから 手を貸してくれ

魔法のマント 脱ぐ事にする（マントを下に置く）

魔法よ そこに休んでなさい

涙を拭い 気を落ちつけて

難破船 沈没 の恐ろしい光景を見て

清らかなおまえの心 傷ついたようだがな

前もって 魔法を使い 安全策を講じておいた

船にいた者 叫び声上げ 船は沈んだように見え

実際に 命落とした者いない

一本の髪の毛さえも 失くしておらん

お座りなさい おまえには 知るべき事を話すから

ミランダ

　お父さま　私の事で　よく話し出し　途中でやめて
「続きを」と　お願いしても
「いや　まだ早い　その時でない」
それだけで　私　ストレス　抱えてました

プロスペロ

　その時が来た　聞きもらさずに　聞くのだぞ
この岩屋　来る前の事　覚えておるか？
無理だろう　まだ三歳になってなかった…

ミランダ

　いえ　はっきりと覚えています

プロスペロ

　何だって？　他の家？　誰か人？
どんな事でも　言いなさい

ミランダ

　ずっと遠くの　昔の事よ　おとぎ話の　世界のようで
私その頃　四・五人の　お付きの女性
いませんでした？

プロスペロ

　お付きはいたが　もっと大勢
その事が　心の中で生きていた?!
暗い過去　時の深淵
その中に　おまえは何を　見るのだろうか

　　ここに来る前　覚えてるなら
　　どうやって来たかなど　覚えているか？

ミランダ

　　いえ　それは

プロスペロ

　　十二年前　ミランダよ　十二年前
　　おまえの父はミラノ大公　権威ある王だった

ミランダ

　　そうならば　私の父じゃないのです？

プロスペロ

　　おまえの母は　淑やかな人だった
　　その母親が　おまえはわしの子　そう言った
　　だから当然　おまえの父はミラノ公
　　一人娘がプリンセス　それがおまえだ

ミランダ

　　まあ　何て事！　出て来た理由　悪巧み？
　　それとは違い　祝福されて　来たのです？

プロスペロ

　　その両方だ　悪巧み　そのために　追い出され
　　幸運に助けられ　ここに来た

ミランダ

　　お世話になった　お父さま　その事を考えますと
　　覚えてないの　心苦しくなりますわ
　　でも　お父さま　先を続けてくださいますか

プロスペロ

わしの弟 おまえの叔父のアントニオ

よく聞くのだよ 弟でよくあんな 不実な事が

できるなと 驚くばかり

おまえの次に 可愛がってた弟なんだ

その彼に 国家の事を任せっきりで

公国のうち 随一はミラノ公国

このわしが主席大公 気高さにても 学芸にても

飛び抜けており わしは学問一筋に

国事一切 弟に任せておった

政治には だんだんと うとくなり

わしは秘術に 専念してた

不実な叔父は──聞いておるのか？

ミランダ

はい 熱心に

プロスペロ

彼は訴状を受理したり 却下する中

誰を昇進させるかや させないか

その匙加減 身につけて

わしが人選した者を 配転し

新たな人を その地位に就けたりし

役人と役所の綱を 一手に握り

彼にとり 都合いい事

言う者だけを 周りに集め

　わしという高貴な幹を 覆い隠す蔦となり

　我が新緑の生気を奪い——聞いてない！

　しっかりと 聞くのだぞ

ミランダ

　お父さま 聞いてます

プロスペロ

　世俗の事に関わらず 引き籠り

　精神を高める事に 専念してた

　あまりにも 世と隔絶し

　世間の人の 理解を超える域にまで 達していたが

　不実な彼の 邪な性質が 目覚めたのだよ

　良い親が 悪い子を生むように

　我が信頼が 虚偽を生む

　彼が示した不誠実さと 我が信頼は正反対だ

　その隔たりは 限りを知らぬ

　このようにして 大公気取り わしの収入 懐に入れ

　わしの権力 笠に着て 強要いたす

　嘘で自分を ごまかしてると

　知らぬ間に 嘘は真に塗り替えられて

　彼は自分が 大公なのだ

　そんな気が してきたのだろう

　代理の地位の 月に一度 表面だけの大公が

　優越に浸っていると 彼の野心が増長し

　——聞いておるのか?!

ミランダ

　そのお話で　耳が聞こえぬ人でさえ

　聞こえるように　なるでしょう

プロスペロ

　演じてる大公と　実の大公

　見分けつかなく　なってきて

　絶対的な　ミラノ公になろうとし

　このわしは　哀れな事に　我が図書室が　我が領地

　わしの事　無能だと決めつけて

　ナポリの王と　結託し

　年ごとに献上物を　差し出して

　忠誠誓い　誇りある我が公国が

　ナポリの臣下と　なったのだ

ミランダ

　まあ　何て事！

プロスペロ

　彼の出したる条件と　その結果よく見比べて

　弟などと言えるのか　意見を聞こう

ミランダ

　高貴なはずの　お婆さま

　その美徳　疑ったりは不謹慎

　母が良くても　生まれくる子が　悪い事ありますわ

プロスペロ

　さあ　話とは　ここからだ

宿敵のナポリ王 弟の請願を聞き入れて

額は知らぬが 貢ぐ事 条件として

わしとおまえの 追放後

誇りあるミラノを彼に与えると 約束をした

それを受け 裏切りの兵 召集し

ある日の夜更け 計画通り

アントニオ 城門を開け放ち

漆黒の闇の夜（よ）に 陰謀の手勢ども

泣き叫ぶ おまえとわしを 追い立てた

ミランダ

まあひどい！ その時に泣いた事 覚えていない

だから今 泣きますわ

目から涙が溢れくる お話だから

プロスペロ

もう少し 先まで聞いて 泣くのなら

その後で わしらにかかる 今の問題 教えよう

それなしで この物語 語れない

ミランダ

どうして当時 私たち

殺される事 なかったのです？

プロスペロ

良い質問だ わしの話で疑問が湧いた？

それはなあ 彼らはあえて実行できず

人々が わしを慕って いたからだ

21

血の痕跡も残すわけには いかぬから
汚い策を 色でごまかす事にして
手短に言う わしら小船に乗せられて
はるか沖へと 連れられて
そこで見たのは 朽ち果てた船
装備なし ロープなし 帆やマストさえ 何もなし
ネズミさえ 本能的に逃げ出していた
そこにわしらは 放り込まれた
泣き叫ぶなら 怒涛の海は ごうごうと唸り返して
ため息つけば 憐れんで ため息を返してくれる
言ってしまえば 有難迷惑

ミランダ

さぞかし私 足手まといに なったでしょうに

プロスペロ

いやおまえ 我が天使
おまえがわしを 救ってくれた
ニコニコ顔で 天からの不屈の力
吹き込んで くれたのだ
わしは デッキを 塩辛い涙で飾り[2]
重荷耐えかね 呻いていたが
おまえの笑顔 強い勇気を与えてくれた
どんな事でも 耐え抜くと決意した

2　原典 "deck"（船の）甲板（デッキ）/「飾る」の二重の意味

ミランダ

　どうやって この島へ？

プロスペロ

　神様の思し召し

　高徳のナポリの男 ゴンザーロ

　拉致計画の 指揮を執っては いたのだが

　慈悲の気持ちで 食べ物や水の用意をしてくれた

　それに加えて 立派な服や下着類

　日用品や必需品 取り揃えなどしてくれた

　今までとても 助かった

　さらに書物を 愛読するの知っていて

　情けをかけて 蔵書のうちの

　何よりも大切な数冊を 持たせてくれた

ミランダ

　いつの日か その方に お会いできます？

プロスペロ

　今わしが 立つ時だ！

　もう少し おまえはそこで

　海の悲しみ その結末を聞きなさい

　我々が流れ着いたの この島だ

　ここでおまえの 教師となって

　ありふれた 王女らが 受けるものより

　役に立つ教育を ほどこしてきた

　世の王女らは 無益な事に 時間を使う

教師にしても わしほどは
  きめ細かくは ないはずだ
ミランダ
  神に誓って お父さまには
  感謝いたして おりますわ
  胸がドキドキ いたします
  さあどうか この嵐 起こされたわけ お教えを
プロスペロ
  これだけは言っておく 不可思議な偶然で
  今 わしの 守り神 慈悲深い運命の神
  わしの敵ども この海岸へ運んでくれた
  予知の力で わしの絶頂
  幸運の星しだいなの 分かってる
  今その星に頼らずに 無視すれば わしの運
  尻すぼみにと なるだろう
  もうこれ以上 聞かなくてよい
  おまえに眠り訪れる 気持ち良いまどろみだろう
  自然には 逆らったりは できないからな

  (ミランダ眠る)

  さあやって来い 風の精 準備はできた
  さあここへ エアリアル やって来い

（エアリアル登場）

エアリアル

　ご用事ですね 偉大なマスター！

　威厳ある ご主人さま！

　仰せのままに やって来た

　飛ぶ事や泳ぐ事 火の中に飛び込んだりと

　渦巻く雲に 乗ってみたりと

　命令あれば このエアリアル

　何なりと やりましょう

プロスペロ

　妖精よ 命令通り 嵐の仕事終えただろうな

エアリアル

　万事万端 ぬかりなく

　王の船にと乗り込んで まず船首へと

　次に甲板飛び回り 船室みんな火の玉にして

　ビックリさせて やりました

　分身の術 うまく使って あっちやこっち

　トップマストや帆桁や船首 その先の棒

　メラメラと 燃えさせて

　その後で 体全体 纏め上げ

　恐ろしい雷鳴の 先駆けとなる

ジュピターの稲妻さえも 及ばぬほどの

目にも止まらぬ 早業使い

私が作る硫黄弾けて 炸裂音と閃光は

偉大なる海の神 ネプチューン

抑え込むほど強烈で 巨大な波も震えるようで

無敵なはずの鉾 ぐらつくように見えました

プロスペロ

エアリアル おまえ勇敢 恐れを知らぬ妖精だ！

騒乱の中 決然として 冷静だった者いたか？

エアリアル

誰一人 いませんでした

狂気の熱に冒されて 自暴自棄にて

狂態を 演じてました

水夫以外はみんな皆 泡立つ波に飛び込んで

私が放つ 火によって

火ダルマと化す船残し 去りました

王の息子の ファーディナンドは

髪の毛を 逆立てて

——髪というより 萱のよう——

飛び込んだのは一番で 叫んだ言葉

「地獄空っぽ 悪魔全員 ここに来た！」

プロスペロ

---

3 ローマ神話 自然現象を司る神

26

よくやった！ それでこそ わしの妖精！

やったのは 岸近く そうだろう？

エアリアル

すぐ近くです 我がマスター

プロスペロ

だが エアリアル みんなの無事は 確保したか？

エアリアル

一本の髪の毛さえも 失くしていない

浮き輪のように 体浮かせた服さえも

シミ一つなく 前よりも フレッシュになったほど

指示通り グループごとに

島のあちこち 分散させて

王子だけ たった一人で上陸させた

島の外れの片隅で 悲しげに

腕組みをし ため息ついて

辺りの空気 冷ましつつ 座り込んでる

プロスペロ

王の船 その水夫たち

おまえはそれを どうしてきたか？

船団の 他の船などは？

エアリアル

王の船 安全に入港してる

昔 真夜中 マスターは 私呼び出し

嵐で荒れる バーミューダ諸島から

露の雫<ruby>を<rt>しずく</rt></ruby>持ち帰るよう 命令された

その島の深い入江に 隠しましたよ

水夫たち 船底に閉じ込めてます

重労働と 魔法によって

みんなぐっすり 眠ってる

散り散りにした 残りの船は結集し

地中海上 悲しげに ナポリ目指して航行中で

王の船 難破して 王 水死だと悲嘆にくれて

プロスペロ

エアリアル 指示した通り完璧だ

だが まだ少し 残った仕事あるからな

今 何時かな？

エアリアル

正午過ぎです

プロスペロ

もう二時は 過ぎている

今から六時 その間 貴重な時だ

エアリアル

まだ仕事 あるのです？

これ以上 重労働をさせるなら

例の約束 再確認を！

約束はまだ 実行されておりません

プロスペロ

何だって⁉ 気分屋め！ 要求は 何なのだ⁈

エアリアル

　私の自由

プロスペロ

　期限の前に？　もう言うな！

エアリアル

　お願いします

　しっかり仕え　ご奉公　嘘つかず　間違いはなく

　不平や不満　なかったら

　これで期限は　一年減ると　お約束

プロスペロ

　おまえをひどい　苦痛から

　救ってやった恩　忘れたか⁉

エアリアル

　覚えています

プロスペロ

　いや忘れてる　塩辛い海の底

　泥を踏みしめ　歩いた事や　肌を刺す　北風に乗り

　霜でやられた土にまみれて　仕事したのを

エアリアル

　いえ　そんな事

プロスペロ

　嘘など言うな　悪い奴だな

　忘れたか⁈ 老齢で腰が曲がった　悪女のことを⁈

　シコラックスを　もう忘れたか！

エアリアル

　覚えています

プロスペロ

　そうならば 生まれはどこか 言ってみなさい

エアリアル

　アルジェリアです

プロスペロ

　確かにそれは 合っている

　だが 月に一度ぐらいは 忘れぬように

　おまえの過去を 思い出させて やらねばならぬ

　目を覆うほど 恐ろしい妖術を 何度も使い

　邪悪な魔女の シコラックスは

　アルジェリアから 追放された

　たった一度の善行で 死罪には ならなかったが

　そうだろう

エアリアル

　その通りです

プロスペロ

　子連れの女 水夫らに この島に捨てられた

　おまえが言うに おまえはそれの召使い

　今 わしにとり 奴隷の身

　おまえ確かに 分別がある妖精だ

　魔女の要求 拒否したために

　その怒り 食らってしまい 強力な 手下によって

松の木の裂け目 入れられ十二年

痛々しくも 閉じ込められて いたんだぞ

そうしてる間にと 魔女が死に

おまえそのまま 水車ゴトゴト 音立てるよう

ワーワーと 喚（わめ）き声上げていた

当時 この島 人間と 言いがたい

斑（まだら）模様の息子以外は 無人だった

エアリアル

その通り シコラックスが

生んだ息子の キャリバンね

プロスペロ

愚かな奴だ そうとしか 言いようがない

そのキャリバンを 今わしが使ってる

わしがおまえを 見つけた時は

どんな苦しみ 味わってたか

自分よくよく 知っているはず

おまえの呻き 狼さえも 吠え出させ

獰猛（どうもう）な熊でさえ 猛（たけ）り狂わす 悲痛なものだ

地獄の責め苦 思わせる 絶叫だ

シコラックスが 自らも 解けぬ呪いを

この地にわしが 着いてすぐ

その叫び聞き わしの魔力で

松の裂け目を カチ割って

そこからおまえ 出してやったな

エアリアル

　感謝してます

プロスペロ

　不平不満を 言うならば

　楢の木の 節くれた 幹に釘付け

　十二年 冬を跨いで括りつけ 唸らせてやる

エアリアル

　お許しを!

　命令に従って 妖精としてお仕事を

　見事 立派に 果たします

プロスペロ

　言いつけ通り するのなら

　二日後は おまえ 全く 自由の身

エアリアル

　さすが マスター 公正ね 何をしたらいいのです?

　何をするの さあ言って! お望み通りしますから

プロスペロ

　ではすぐに 海に住む 妖精姿に変身だ

　但しだな その姿 見えるのは

　わしとおまえの二人だけ 他の者に 透明だ

　その姿にて すぐにここへと 舞い戻るのだ

　さあ 早く行け 忠誠心を忘れるな

　(エアリアル退場)

目を覚ますのだ 可愛い娘
起きる時間だ 充分寝たし 起きなさい

ミランダ

お話の 不思議さで 不思議の国に 旅立ってたわ

プロスペロ

さあ現実の 世界に早く お戻りなさい
わしの奴隷の キャリバンの岩穴へ
一緒に行こう あの男 誠意など
一度も見せた 事ないが…

ミランダ

悪党よ 私 見るのは 嫌ですわ

プロスペロ

目下のところ 薪を拾って火を熾し
あれでも役に 立っておる
わしの奴隷の あさましき者!
キャリバンよ 返事をいたせ!

キャリバン

(奥で) 薪なら沢山 溜めてある

プロスペロ

出て来ぬか! 他にも用事 あるのだからな
おい のろま! 早く出て来い!

(エアリアル 海の妖精姿で登場)

変身見事！ さすがだな
エアリアル よく聞けよ！

エアリアル

おっしゃるままに！ （退場）

プロスペロ

おい！ 毒まみれ おい！ 奴隷
悪魔自身が 邪な女に孕<ruby>孕<rt>はら</rt></ruby>ませ できた者
出て来んか！

（キャリバン登場）

キャリバン

おらのお袋 大ガラスの羽根
箒<ruby><rt>ほうき</rt></ruby>に見立て 集めたという
ヘドロの沼の ドド臭い水の塊
おまえらの頭の上に 降ればいい！
毒気を運ぶ 湯気<ruby>湯気<rt>ゆげ</rt></ruby>と暖気<ruby>暖気<rt>だんき</rt></ruby> その風吹いて
体中 水ぶくれ できりゃいい！

プロスペロ

今の発言 その罰として
今夜おまえは 痙攣<ruby>痙攣<rt>けいれん</rt></ruby>起こし
脇腹引きつり 息が苦しくなるはずだ
夜にうごめく 小鬼らが おまえ一人を責め立てる

おまえへの 一つ一つの責め具合

ハチが刺すより 痛くなる

蜂の巣ほどに 腫れ上がる

キャリバン

おらはこれから 飯なんだ

この島は母親の シコラックスの もんだった

あんた おらのを 取ったんだ

来た頃は あんた親切 おらを大事にしてくれた

フルーツ入りの 水をくれたし

昼に燃えてるデッカイ火 夜に輝くチッチャイ火

その名前 教えてくれた

それでおら あんたの事が好きになり

島の事 何もかも 教えちまった

真水の泉 塩水の穴 荒れた土地 肥えた土地

それをした おら 自分にと呪いあれ！

シコラックスのお守りの ヒキガエル カブト虫

コウモリなどに 取り憑かれろよ

今 おらは あんたの家来 でも昔 王さまだ

それなのに あんたはおらを

こんなに堅い岩穴に 押し込めて

あんたは島を 独り占め

プロスペロ

嘘をつくのも ほどほどにしろ！

おまえには 与えるべきは 情愛でなく 鞭だけだ

ゴミ同然のおまえでも 人間らしく扱って

わしの岩屋に 住まわせたのに

おまえは我が娘 犯そうとした

キャリバン

ホッホッホー！

やり終えてれば 良かったが

あんたが邪魔に入らなきゃ 今頃は

この島はキャリバン族で 大賑わいだ！

ミランダ

汚らわしいわ 良い事は何も残らず

悪い事なら 何でもできる

話せるように してあげて

毎時間 あれやこれやと教えてあげた

自分の思い 伝えられずに 野獣のように

ただワーワーと 喚くだけ

それで言葉を 教えてあげた

あなたの中に 良い性質と 交じり合えない

下劣な血 流れてるのね

岩穴に閉じ込められて 当然なのよ

牢獄よりも ビドい所が お似合いよ

キャリバン

言葉習った そのお陰 毒づく事も できるんだ

おまえの言葉 教えた事で

呪いがかかり くたばっちまえ

プロスペロ

醜女の息子 早く行け！

薪を運んで さあ早く 次の仕事が待っている

肩をすくめる？ 悪党め！

無視したり サボッたりなど したならば

例の痙攣 させてやる

おまえの骨は ガタガタ痛み

おまえの喚き 獣たちさえ 震え上がらす

キャリバン

それだけは ご勘弁！

〈傍白〉従わないと 奴の魔法は強烈だ

お袋の主 大魔王 セテボス⁴さえも 従えた

プロスペロ

さあ我が奴隷 早く行け！

（楽器を演奏し 歌う 透明のエアリアル

ファーディナンドを従えて登場）

エアリアル

（歌う）来てごらん 金の砂浜

　　　手をとって跪き 口づけすれば

　　　荒磯の 波は収まり

4　マゼランが『世界一周航海』に記した南米パタゴニアの物

　神　シコラックスやキャリバンの信仰していた神

軽やかに 踊れよ 踊れ！

　　　お聞きよ お聞き！

　　（リフレイン）ワン ワン ワワン

　　　　ワン ワン ワワン

　　　お聞きよ お聞き！

　　　気取って歩く 雄鶏の声

　　（鳴き声）コケコッコー

ファーディナンド

　　どこからなのか あの音楽は？

　　大気の中か 地の中か？

　　ああ 音は 消えてしまった

　　この島の 神に捧げる曲だろう

　　岸辺に座り 王である父上の

　　溺死嘆いて 悲しんでると

　　この音楽が 波間から囁いた

　　怒涛の波と 僕の悲しみ 甘い調べで和らげた

　　その音色追い いや 魅せられて ここに来た

　　ああ 音が消えてゆく あれ？ また始まった

エアリアル

　　（エアリアル 歌う）

　　　　あなたの父は 海深く眠ってる

　　　　そのお骨 珊瑚にと

　　　　目は真珠 その身 滅する事はない

　　　　海の魔法は 尊くて

新しく育つ命に 流転させるの
海の妖精 刻々と鳴らすのは 弔いの鐘
(リフレイン) キン コン カンと
ほら今も 聞こえるでしょう 鐘の音が
(リフレイン) キン コン カンと

ファーディナンド

水死した父上を 弔う歌だ
人が歌うと思えない あの音色
この世のものと 違ってる
聞こえ来るのは 天上からだ

プロスペロ

目蓋を開けて 視界の中で
何が見えるか 言ってみなさい

ミランダ

何ですの あれ？ 精霊ですか？
あんなに辺り 見回して
素敵な姿形して 信じられない
精霊なのよ きっとそう

プロスペロ

いや違う ミランダよ
あれは食べ 眠りもいたす
我々と同じ感覚 持っている
おまえが見てる あの若者は
難破した船 乗っていた乗客だ

悲しみに 打ちひしがれて

暗い表情しているが 美青年だと言えるはず

連れの乗客見失い 探し出そうと 彷徨っている

ミランダ

あの人は 神々しいと言えますね

この世界にて あれほどの品格は 見た事ないわ

プロスペロ

〈傍白〉思い通りに 行っている

妖精よ！ よくやった

この事で 二日以内に自由与える

ファーディナンド

あの音楽が奏でてた きっと女神に違いない

僕の祈りを聞き届け 答えてほしい

「あなたはこの地 お住まいですか？」

僕はどう振るまえば いいのでしょうか？

最後になって 失礼ですが 僕が最も聞きたい事は

——ああ あなた「奇跡」です！——

人間の娘でしょうか？

ミランダ

「奇跡」なんかじゃ ありません

ただの娘で ございます

ファーディナンド

同じ言葉を話してる 何て事⁉

この言葉 話す人たち その中で

この僕は 最高の地位に就いている

プロスペロ

何を言う！ 最高と⁉
ナポリの王が聞かれたら 君はどうなる？

ファーディナンド

今ここにては 一介の人間だ
ナポリの王の 話をされる これ奇遇
王がまさしく 聞いている
だから僕 泣けてくる
僕自身ナポリ王 父上であるナポリ王
溺死されるの この目で確と見たのです
その時以来 涙の潮は 引く事がない

ミランダ

ああ 神の ご慈悲を！

ファーディナンド

父だけでなく 貴族もみんな
ミラノ公と 立派な御子息 バラバラに

プロスペロ

〈傍白〉ミラノ公 さらに立派な御息女は
おまえを支配 できるけど
今はまだ その時でない
一目交わして 二人は恋に落ちたよう
絶妙だ エアリアル これでおまえは自由の身
（ファーディナンドに）

一言話す 大事な事が…
君は何かを 考え違いしているようだ
言うべき事は これだけだ

ミランダ

〈傍白〉お父さま どうしてあんな ぶしつけな
言い方を なさるのかしら
私 出会った 人として 三番目
憧れの気持ち抱いた 最初の人よ
私と同じ気持ちになって 欲しいもの

ファーディナンド

あなたがもしも まだ独り身で
愛する人が いないのならば
ナポリ王妃に お迎えしたい

プロスペロ

待ちなさい まだ少し話さねば
〈傍白〉二人とも 恋の虜（とりこ）になっている
そう事を簡単に 進めてはならぬもの
容易（たやす）く得ると 扱われるの
粗雑になるに 決まってる
（ファーディナンドに）
話すべき事 まだ少しある
よく聞けよ 君はここにて
他人（ひと）の名騙（かた）り スパイとし
この島に来て わしから領地

　取り上げようと 企んでるな

ファーディナンド

　いえ そんな事

ミランダ

　高貴な心 邪心が宿る事ないわ

　清い心の者たちだけが 住むところ

プロスペロ

　（ファーディナンドに）ついて来なさい

　（ミランダに）この男 庇うでないぞ

　叛逆者だぞ さあ ついて来い

　足枷と首枷を 掛けてやる

　海水飲ませ 食物は淡水の貝

　しなびた木の根 ドングリの殻 それだけだ

　従うのだぞ！

ファーディナンド

　絶対に 従わないぞ！

　敵が僕 倒すまで そんな「もてなし」

　受けたりなんか するものか！

　（剣を抜くが 魔法で呪縛状態になる）

ミランダ

　ああ お父さま 手荒な真似は なさらないでね

　この方は紳士だし 恐ろしい事 なさいませんわ

プロスペロ

　何を言う！ 娘が父に指図するのか！

43

剣を収めろ 逆賊め！
振り下ろそうと したくても
良心の呵責に耐えず 動けまい 構え 解け！
この杖で おまえの剣を叩き落とすぞ！

ミランダ

お願いよ お父さま

プロスペロ

おい 放せ！ わしにすがるな！

ミランダ

お許しを！
この私 保証人に なりますわ

プロスペロ

黙るのだ！
それ以上言うのなら 叱り飛ばすぞ
憎む事など ないけれど
何て事！ ペテン師の 弁護をするか!?
黙ってろ！
この男ほど 優れた者はいないと思う その理由
キャリバンと この男しか まだ見ていない
ただそれだけだ
一般の男はみんな キャリバン以上 当たりまえ
この男と比較するなら みんなは天使

ミランダ

私の望み 控え目で

　　彼より上の男の人は 望んでないの

プロスペロ

　　（ファーディナンドに）さあ わしに 従うのだぞ

　　君の筋力 子供同然 何の力もありはせぬ

ファーディナンド

　　本当だ 僕の気力は夢の中

　　ちっとも出ない 麻痺してる

　　父上の死や無力感 友の溺死に この屈服だ

　　もうどうにでも なるがいい

　　日に一度 牢獄の窓越しに

　　この娘見られる それだけで充分だ

　　誰であれ あとは地上のどこでさえ

　　勝手気儘に使えばいいさ 僕の牢獄 宇宙の広さ

プロスペロ

　　〈傍白〉うまくいってる

　　（ファーディナンドに）さあ行くぞ

　　（エアリアルに）よくやった エアリアル！

　　（ファーディナンドに）ついて来い

　　（エアリアルに）まだおまえには 仕事があるぞ

ミランダ

　　安心してね あのように 言ってるけれど

　　父は優しい 人ですからね

　　あんな言い方 いつもじゃないの

プロスペロ

（エアリアルに）山の中 吹き抜ける風
そのように 自由与える
そのために 言いつけ通り しっかりとやり遂げろ

エアリアル

おっしゃる通り お任せを

プロスペロ

（ファーディナンドに）さあ ついて来い！
（ミランダに）かばったりなど してならぬ

（一同退場）

第2幕

（アロンゾ セバスチャン アントニオ ゴンザーロ
エイドリアン フランシスコ その他登場）

ゴンザーロ

陛下 何とか 元気出されて！
我々皆もそうですが お喜びなさるべき
我々の損失よりも 生存できた事自体 大事です
こうした嘆き ありふれた事
どこかの水夫 その妻や 商船の船長や 商人たちが
同じ憂き目に遭ってます 生き残れたの 奇跡です
こんな話ができる人 百万人に一人です
ですから 陛下 悲しみと この喜びを
計り比べて いただけますか

アロンゾ

頼むから もう言うな

セバスチャン

慰めの言葉さえ 王にとっては 冷めた粥<ruby>粥<rt>かゆ</rt></ruby>
かゆくないのに かかれるようなものである

アントニオ

慰問の神父 そう簡単に配給したり しないよな

セバスチャン

見ていろよ 知恵の時計は
ねじなどすぐに 巻き上げる
またすぐに 鐘の<ruby>音<rt>ね</rt></ruby>が鳴り響く

ゴンザーロ

陛下…

セバスチャン

何か言うよ

ゴンザーロ

悲しみが 膳に出される度ごとに
おごりとなれば おごる者

セバスチャン

金縛り

ゴンザーロ

金に縛られ 本当に文無しだ
予想外 <ruby>穿<rt>うが</rt></ruby>った事をおっしゃるな

セバスチャン

深読みされる そのせいで

ゴンザーロ

ですから 陛下

アントニオ
　もうやめろ 話し出したら 止まらぬようだ

アロンゾ
　頼むから やめてくれ

ゴンザーロ
　はい やめますが…

セバスチャン
　おしゃべりだから

アントニオ
　あいつが先か エイドリアンか
　どっちが先に鳴き始めるか 賭けようか？

セバスチャン
　年寄り鶏(どり)に 賭けるとするか

アントニオ
　では わしは若鶏だ

セバスチャン
　よし それならば賭けるもの？

アントニオ
　敗けた者 鶏笑(とりわら)いする それでどう？

セバスチャン
　それでいい

エイドリアン
　この島は 無人島だと思えます

セバスチャン

クックックッ!
アントニオ
　支払い済んだ
エイドリアン
　住むに適さず　身動きとれず
セバスチャン
　でも
エイドリアン
　しかし
アントニオ
　そう言うと　思ってた
エイドリアン
　しかし キ̇シ̇ョ̇ウは 微妙でソフト[5]
　控え目で セ̇ン̇サ̇イだ[6]
アントニオ
　姫妾（きしょう）さんとは おまえにとって
　後妻じゃなくて 先妻か?
セバスチャン
　微妙だね 偉そうに こいつが言った通りだよ
エイドリアン
　風さえも 甘い息など 吹きつける
セバスチャン

5　「気象」と「気性」の二重の意味
6　「繊細」と「先妻」の二重の意味

風にも肺があるのかい？ 腐った肺が…

アントニオ

沼地特有 良い香りでもつけられて？

ゴンザーロ

命育む すべてのものが 揃っています

アントニオ

その通りだが 生きる手段が何もない

セバスチャン

それに関して 何もない

あったとしても ごくわずか

ゴンザーロ

草や葉は 青々と元気に茂り

みずみずしさも 心地良い

アントニオ

地面はどこも 黄褐色だ

セバスチャン

そこにあるのは 緑の芽

アントニオ

まあ そんなところだ

セバスチャン

おおよそは 合っていて 真実からはほど遠い

ゴンザーロ

希少価値 ありますね この目疑うほどまでに

セバスチャン

「希少」であるが「価値」はどうだか

ゴンザーロ

我らの衣服 海水で びしょ濡れでした

それなのに 真新しくて艶(つや)がある

塩水で 汚れたはずが

まるで新たに染め直された ようですね

アントニオ

奴のポケット 口でもきけば

それは嘘だと 言うんじゃないか

セバスチャン

いや違う 嘘つきポケット ボケ隠し[7]

ゴンザーロ

我らの服はボケてはいなく 新品のよう

ナポリ王女の クラリベルさま

チュニスの王と ご婚礼

その際に アフリカで着たままですよ

セバスチャン

晴れやかな結婚式で 帰路に際して 意気揚々と

エイドリアン

あれほどの 高貴な王妃 迎えたなんて

チュニスでは 今までに なかったでしょう

ゴンザーロ

---

7 原典 "pocket" には「隠す」の意味がある

未亡人 ダイドー[8]以来

アントニオ

　未亡人？ 縁起でもない！

　この良き日 未亡人など持ち出すな

　未亡人 ダイドーなどと

セバスチャン

　もし彼が 男やもめのイーニアス[9]

　そう言ったなら どうなさる？

エイドリアン

　未亡人ダイドーと 言いましたね

　知っていますよ チュニスじゃなくて

　カルタゴですね

ゴンザーロ

　そのチュニス 昔の名カルタゴですよ

エイドリアン

　チュニスの昔 カルタゴと？

ゴンザーロ

　その通り カルタゴですね

アントニオ

　あいつの言葉 見事なハープ

　奏でる者に 負けないほどだ

セバスチャン

8　ギリシャ神話 カルタゴを建設した伝説上の女王
9　ギリシャ神話 トロイの勇者

アントニオ

　　壁だけじゃなく 家さえ建てる

アントニオ

　　次にはどんな 不可能な事 可能にするか？

セバスチャン

　　わしが思うに この島を

　　ポケットに入れ 持ち帰り

　　リンゴ代わりに 息子にやってしまうだろう

アントニオ

　　それでその種 海に蒔き もっと多くの島造る

ゴンザーロ

　　ああ それで？

アントニオ

　　いいタイミング

ゴンザーロ

　　（アロンゾに）陛下 先ほど 話しましたが

　　我らの衣服 王女さま

　　結婚された その時と同じよう

　　──今は王妃となられたが──

　　新しく 見えるのですが…

アントニオ

　　あの地では あんな儀式は空前絶後

セバスチャン

　　言っておく その話

　　未亡人 ダイドー以外に しておけよ

アントニオ

  おお 未亡人 ダイドーよ

  ああ 未亡人 ダイドーよ

ゴンザーロ

  陛下 私の上着 着たての時と

  同じほど 新品なので…新品程度 なのですが

アントニオ

  その「程度」微妙な意味があるんだな

ゴンザーロ

  結婚式に 着た時と…

アロンゾ

  忍耐の 限度を超えて

  わしの耳には 同じ言葉を投げ入れる

  あんな所に 娘を嫁に出したのは 間違いだった

  そこからの帰り道 わしは息子を失った

  別の見方をしてみると わしは娘も失った

  イタリアからは これほどの距離

  もう二度と 会う事はない

  ナポリとミラノ その王位 受け継ぐ息子

  どんな魚の エサになるのか！

フランシスコ

  陛下 王子さまは 生きてられると 思います

  見たのです 押し寄せる波 打ち払い

  大波の波頭に乗って 水を蹴り

その脅威 振り落とし
襲い来る 膨れ上がった大波を
平泳ぎにて 乗り切って
轟く波を 大胆に押しのけて 頭をもたげ
岸に向かって 強靭な腕 オールにし
潑溂として 漕ぎ切って
波が削った岸壁は 頭を垂れて 腰低く
王子さまを拾い上げ 救った様子
確かに無事に 上陸された

アロンゾ

いや無理だ 死んでしまった

セバスチャン

この甚大な喪失も 兄上の自業自得だ
自分の娘 ヨーロッパでは 嫁がせないで
アフリカに お出しになった
そこで彼女は あなたの目から 追放された
悲しみで その目濡れても 文句は言えぬ

アロンゾ

頼むから 黙っててくれ

セバスチャン

我々みんな跪き 翻意するよう促した
麗しの王女自ら 嫌悪感 親孝行と比較して
どちら優先 すべきかを
思いあぐねて いましたね

一人息子は帰らない 残念ながら永遠に

ミラノとナポリ この件で 未亡人 一挙に増えて

慰めるにも 国に帰った男で足らず

その責めは すべて兄上 負うべきだ

アロンゾ

貴い命 失くした事が 最大の不幸だな

ゴンザーロ

セバスチャンさま

お話になってる事は 真実ですが

言い方に 優しさが欠けてます

それに今 言うべき事でありません

傷口に 絆創膏を貼る代わり 塩を塗る類です

セバスチャン

いや ごもっとも

アントニオ

外科医のようだ

ゴンザーロ

陛下のお顔 曇りがちなら

みんなの心に 雨が降ります

セバスチャン

雨が降る⁉

アントニオ

土砂降りだ

ゴンザーロ

この私にと 島の植民 お任せあらば

アントニオ

イラクサの種 蒔けばいい

セバスチャン

それが嫌なら スカンポかゼニアオイ

ゴンザーロ

島の王でもなったなら どうしましょうか?

セバスチャン

ワインはないし どうしょうもない

ゴンザーロ

私の国はすべての事を 真逆にします

商取引は禁止です 行政官は廃止です

学問は教えない

富める者 貧しき者の差はなくて

契約や相続や 土地 田畑 ブドウ畑に

境界線は 無くします

金属や穀物や ワインやオイル 使用は禁止

職業無くし 男はみんな遊んで暮らす 女も同じ

それで国民 純粋で無垢 君主制廃止です

セバスチャン

それであんたは 王さまで

アントニオ

その共和国 結論ありて 序論なし

ゴンザーロ

汗水たらし 働かずとも

大自然 あらゆる物を作り出す

叛逆や 重罪もなく

剣や槍 ナイフや銃や あらゆる兵器無くします

大自然それ自身 豊かな実り 生み出して

純粋な我が民を 養い育て慈しむ

セバスチャン

その国民の 結婚は？

アントニオ

するわけないさ みんな怠けて ごろつき 娼婦

ゴンザーロ

このように 完璧な政治をすれば

古き世の 黄金時代凌ぐもの

セバスチャン

王さまに 万歳と！

アントニオ

ゴンザーロ 大王さまだ！

ゴンザーロ

陛下 言う事 お聞きです？

アロンゾ

頼むから もうこれ以上 耐えられん

くだらん話 言い続け…

ゴンザーロ

おっしゃる通り このお二人に

余興とし 話したのです

お二人は分別があり 軽快な息遣い お持ちです

それ故に 何もないのにバカ笑い

アントニオ

笑ってたのは おまえの事だ

ゴンザーロ

言葉遊びは 私には不釣合

だから続けて つまらぬ事に

お二人だけで お笑いを

アントニオ

ここ一発を 食わされたよな！

セバスチャン

その効き目 あったかな？

ゴンザーロ

お二人は 派手やかなご性格

もし月が五週間 満ち欠けせずに 回るなら

月さえも 素盆(すっぽん10) のよう

投げ割ったりも なさるでしょうね

（厳かな音楽を奏で 透明のエアリアル登場）

10　丸い月と丸い甲羅のスッポンは美醜に天地の差があるという「月とスッポン」のギャグ。「朱盆（しゅぼん）」が訛ったものとされる説もある

セバスチャン

　そりゃおもしろい 月明りにて
　コウモリ捕りに 出かけてみるか

アントニオ

　（ゴンザーロに）そう腹を 立てるなよ

ゴンザーロ

　そんな心配 いりません
　そう簡単に気分害しは いたしませんよ
　笑い転げて 寝させてほしい
　何だか眠く なってきました

アントニオ

　眠ってからも わしらの話 聞いてればいい
　（アロンゾ セバスチャン アントニオ以外
　全員眠る）

アロンゾ

　何て事！ みんなぐっすり 眠ってる！
　わしも目を閉じ 心も閉じて 眠りたい
　どうも そうなりそうだ

セバスチャン

　兄上 どうぞお休みを
　眠りが誘う贈り物 断るなんて してはだめ
　悲しみに 眠りめったに訪れぬ
　訪れあれば 癒される

アントニオ

お休み中は　我ら二人が　陛下の警護いたします
アロンゾ
　　ありがとう　不思議なほどに　眠いのだ

（アロンゾ眠る　エアリアル退場）

セバスチャン
　　変てこな睡魔に　みんな襲われている
アントニオ
　　気候のせいだ
セバスチャン
　　それならば　なぜ我々は眠くならぬか？
アントニオ
　　わしも頭は　スッキリと冴えている
　　みんな皆　打ち合わせたか　一斉に眠りに就いた
　　雷にでも　打たれたようだ
　　何とこれ？　セバスチャンさま
　　これ何と！　いえ　でも　しかし
　　思うのですが　あなたのお顔
　　そこにあなたの　あるべき姿　見えるのだ
　　絶好の　チャンスがそこに　見えている
　　私の目には　王冠が　あなたの頭上
　　載り掛かるのが　はっきりと映るのだ
セバスチャン

　しっかりと 起きているのか？

アントニオ

　私の言葉 聞こえない？

セバスチャン

　聞こえているよ はっきりと 寝言だろ

　寝てるのに 話してる

　何なのだ？ おまえが言った その事は？

　奇妙な眠り 目を見開いて眠ってる

　立ち話 しながらも ぐっすりと眠ってる

アントニオ

　気品備えた セバスチャン

　あなたこそ ご自分の幸運を 眠らせている

　起きているのに 眠らせて殺してる

セバスチャン

　はっきり分かる イビキだな

　その意味が イビキの中に響いてる

アントニオ

　いつもと違い 今は真剣なのですぞ

　この話 しっかり聞けば 真剣になる

　そうすれば あなたご自身 三倍に

セバスチャン

　三杯と⁉ わしは単なる溜り水⁈

アントニオ

　流れ方 海で言うなら上げ潮も お教えします

セバスチャン

 そうして欲しい 引き潮ならば

 生まれもっての ものぐさで 知っている

アントニオ

 ああ 自覚さえあるのなら！

 思うところが あったとしても

 それを自分で 侮(あなど)ってると

 衣服で言えば 脱ごうとしても 着込んでしまう

 実際に 引き潮に乗るならば 恐怖 怠慢 満ち溢れ

 人は皆 海底に引き込まれるぞ

セバスチャン

 先を続けて 言ってくれ

 眼光や顔つきで 重大な事 察せられる

 言いたい事を 発するに

 生みの苦しみ 見てとれる

アントニオ

 要するに（フランシスコを見て）

 このボケの主 忘れる事は 当たりまえ

 土葬されたら 忘れられ ただそれだけの男だが

 説得力は長けている 王に息子が生きてると

 あり得ない事 説得してた

 眠ってるこの男 今 水泳中で ないほども

 確かな事を

セバスチャン

王子の溺死 確実だ

アントニオ

確かにそこに 望みない

だが そこにある あなたの望み

一方に 望みが失せて

もう一方に 高い望みが生まれ来る

野心でさえも その先を見通せず

不安感 募るだけ

ファーディナンドの 溺死の事は

お認めに なりますね

セバスチャン

認めるぞ

アントニオ

では次に ナポリの王位 継ぐ人は？

セバスチャン

クラリベル

アントニオ

今はチュニスの 王妃です

はるか彼方に 住んでいる

ナポリから 知らせ 到底 届かない

太陽が 伝令にでもならないと

月に住む男では 遅すぎる

新生児 大人になって 髭を生やして 剃刀当てる

その頃までも 時間がかかる

チュニスから 帰り路 我らみんなは海に呑まれて
吐き戻された役者たち 一幕物を演じるのです
過去の事 プロローグ
今からが あなたと私 出番です

セバスチャン

何の事？ 何が言いたい？
兄の娘は チュニスの王妃
それにナポリの お世継ぎで
だが距離的に 隔たりがある

アントニオ

一歩一歩の その距離が こう叫ぶ
「どうやって クラリベル
ナポリまで 戻って来れる？
チュニスの町に 留め置け
セバスチャン 目を覚ませ！」
眠ってるこの連中が 死んでるとするならば？
どちらにしても同程度 ナポリを統治する者は
今そこに 眠る男の他にもいます
ぐだぐだと くだらん事を まくし立ててる
ゴンザーロ的 者たちだ
あなたの中に 私の勇気 あったなら！
自分の出世 前にして 眠ってる！
言ってる意味が お分かりですか？

セバスチャン

推察できる

アントニオ

それであなたは ご自分の
幸運を どうなさる おつもりか?!

セバスチャン

思い出したぞ おまえは兄の プロスペロ
その兄を追放し 大公の地位 就いたよな

アントニオ

その通り この衣装 わしにぴったり
兄よりも よく似合う
兄の家来は わしのかつての同僚だ
今 奴ら 我が召使い

セバスチャン

良心は 咎めない？

アントニオ

微塵もないぞ そんなのどこに あるのだな？
もし足に あかぎれできりゃ
スリッパを 履くだろう
わしの胸には そんな神様 存在しない
兄とわしとの その間
良心が 立ちはだかって いたのなら
キャンディーのように 溶かしてやった
ここにあなたの兄上が 横たわってる
その下の土くれと 何ら変わりは あるじゃなし

今 そうならば この忠実な剣の先
三インチ 突き刺すだけで
永遠に寝かせる事が できるのだ
あなたが王を 永久(とわ)に葬る 作業中
我々の所業の事で 非難浴びせる この爺(じじい)
分別野郎を このわしが 始末する
他の連中は 甘い汁にて 誘いをかけりゃ
猫なで声で 擦(す)り寄って来る
時は今だと こちらが言えば
いつ何どきで あろうとも
そいつらは 言いつけ通り 鐘鳴らす

セバスチャン

アントニオ おまえした事 わしの先例
おまえミラノを 手中にしたが
わしはナポリを 手に入れる
剣を抜け！ その一撃でおまえの年貢 免除する
王として 目をかけてやる

アントニオ

では 同時にと
ゴンザーロに わしが剣を振り下ろす
その時に あなたも王に 同じよう！

セバスチャン

ああ しかし あと一言を（二人は片隅で話す）

（音楽　透明のエアリアル登場）

エアリアル

　ご主人は　魔力にて　友の危険を察知して

　私をここに　送られた

　みんな生かしておかないと　計画が壊れるわ

　（ゴンザーロの耳元で歌う）

　　　こんな所でイビキをかいて　寝ていると

　　　陰謀の　大きな目

　　　狙いすまして　澄まし顔

　　　命大事と　思うなら

　　　眠気払って　目覚めなさいな！

　　　起きてよ！　起きて！

アントニオ

　さあ　今すぐに！

ゴンザーロ

　ありゃ　天使たち　王をお守りなさいまし

　（一同　目を覚ます）

アロンゾ

　おい　おまえ　何かあったか⁉

　起きろよ　みんな！

　なぜ剣を　抜いている？

　青ざめた顔　どうしたか？

ゴンザーロ

どうしたのです？

セバスチャン

　お休みになってる間 身辺警護しておりますと
　たった今 雄牛のような いや ライオンの 叫び声
　それでお覚め なさったか？
　すさまじい 吠え声でした

アロンゾ

　何も聞こえは しなかったがな

アントニオ

　ああそれは 怪物の耳をつんざく 唸り声
　ライオンの 大群の地響きの音

アロンゾ

　ゴンザーロ それを聞いたか⁉

ゴンザーロ

　名誉にかけて 申します
　聞いたのは ハミングの歌声で
　不思議な音色 それで目が覚め
　揺り起こし 叫んだのです
　目をしっかりと 見開くと
　お二人が剣を抜き 立っていた
　音がしたのは 確かです
　ガードを固め この場去る事 大事です
　さあみんな 剣を抜け！

アロンゾ

　ここを去り 哀れな息子 探してみよう

ゴンザーロ

　ああ 神よ！ 野獣から王子さま お守りを！

　必ずここに おいでです

アロンゾ

　先導 任す

エアリアル

　私がした事 ご主人さまにお伝えしよう

　さあ 王さまよ 安心し あなたの息子 お捜しを

第2場

島の別の場所

（キャリバンが薪を背負って登場 雷鳴）

キャリバン

　太陽が 沼地や湿地 浅瀬から

　吸い上げた 毒気がみんなじわじわと

　プロスペロの その体内に 沁み込んで

　奴が病気に なればいい

　奴の妖精 耳をそば立て 聞いていたって

　呪わずに いられねえ

　妖精が つねったり 小鬼に化けて 脅したり

沼地に俺を 落としたり
夜に鬼火に変身し 道に迷わせ 困らせる
それさえみんな 奴の命令
なんやかんやと ちょっかい出して
ある時は 猿のようキーキーと
鳴き喚き 噛みついてくる
その次に ハリネズミ姿になって
裸足で歩く俺の行く道 寝転がり
足の裏チクチクと 刺しやがる
ある時 はマムシに化けて
俺に巻きつき 先が割れてる その舌で
シューシューと音を立て 俺の気を狂わせる
ほら！ あそこ！ 来やがった！

（トリンキュロ登場）

奴の妖精 やって来た
薪の運びが遅いって いじめに来たな
うつ伏せになりゃ 気づかずに 行っちまうかも

トリンキュロ
雨風を しのぐにも
あめかぜ
藪も茂みも ありゃしない
また別の 嵐がすぐに来そうだな
風が歌うの 聞こえて来るな

あの黒い雲 デカイやつ

ワインをこぼす 汚れちまった樽みたい

さっきのように また雷が鳴り出すと

どこに隠れりゃ いいんだよ

あそこに見える 同じ雲

雨を降らすと 土砂降りだ

何だこれ？ 人間なのか魚かよ？

死んでいるのか？ 生きてるか？

魚だな 魚臭いぞ 太古の魚 魚的匂いだな

棒鱈の古いやつ 変テコな魚だな

もし俺が イングランドに いるならば

——昔に行った事あるが——

この魚 看板に描かせたなら

祭り気分の バカ者ならば

銀貨一枚 はずむだろうよ

あそこなら このモンスターで

一財産 稼げるな

どんな奇妙な野獣でも 大当たり 大儲け

足が動かぬ乞食には 奴ら金などやらねえで

インディアン その死体見るのなら 大金を出す

あれ！ 人のような足がある

魚のヒレは腕みたい 本当に温ったかい

俺の説 取り下げだ 言い張ったりは しないから

魚でなくて この島の人間だ

今さっき 落ちた雷 直撃か

(雷鳴)

大変だ！ また嵐だぞ

こいつが着てる レインコートの

下に潜るの ベスト・アイデア

この辺りには 隠れる場所は他にない

苦難に遭えば 知らぬ人とも助け合う

嵐去るまで 隠れていよう

(ワインの樽を 手に持ったステファノが

歌いながら登場)

ステファノ

(歌う)俺は海には もう行かぬ

　　　ここ陸の上 俺は逝く

葬式で歌うには 下劣な歌だ

さてさてと 俺の慰め これ一つ（ワインを飲む）

　　　船長と船員と 水夫長 それに俺

　　　砲兵員やその仲間 愛した女

　　　モール メグ マリアンや マージェリィ

　　　だがみんな ケイトの事は毛嫌いし

　　　だってその ケイトの舌は毒舌で

　　　水夫に言うは「とっとと消えろ！」

　　タールとピッチ[11] の 匂いは嫌い

　　だがケイト 仕立屋になら

　　かゆいとこ かかせてやって いい気持ち

　　男なら 颯爽と海に出よ あんな女は縛り首

　この歌も 下劣な歌だ

　俺の慰め これ一つ　（ワインを飲む）

キャリバン

　いじめないで おらの事 ああ！

ステファノ

　何だこいつは？ 悪党か？

　野蛮人 インディアンらを 出汁に使って

　この俺を 引っかけるのか!? ハァ?!

　おまえのような四つ足を 怖がるようじゃ

　とっくの昔 溺れ死んでた

　よく言うだろう「四つ足[12] のまともな奴も

　ステファノが生きてるうちは 勝ち目ねえ」

キャリバン

　妖精が拷問するよ！ ウァ〜ッ！ ウァー！

ステファノ

　島に住む 四つ足のモンスターだな

　俺が思うに マラリア熱にかかってる

　一体どこで 俺らの言葉 覚えたのかな？

11　「松ヤニ／塗料」の意味　裏の意味「地獄の刑罰」

12　二人の足の数

その褒美にと 助けてやるが
病気治して 飼い慣らし ナポリに連れて帰ったら
上品な革靴履いて 皇帝に献上物とプレゼント

キャリバン

拷問だけは やめてくれ
今度から 薪はさっさと運ぶから

ステファノ

発作起こして いるんだな
わけの分からん 事を言う
ワイン一口 飲ませてやるか
まだワイン 飲んだ事 ないのなら
効果バッチリ 発作止まって 乱暴止まり
そんなに金は かからねえ
奴に高値が 付くの確実

キャリバン

痛めつけるの まだ始めてはいないけど
すぐするんだろう おまえの体 震えが来たら
プロスペロ 魔法をかけた 印だからな

ステファノ

しっかりしろよ 口を開けなよ
飲めば猫でも しゃべり出す
口を開けなよ これを飲んだら 震えは止まる
これだけは しっかりと言っておく
誰が味方か 覚えておけよ

口を開けなよ（キャリバンにワインを飲ませる）

トリンキュロ

その声に聞き覚えある きっとそれ…

だが奴は 溺れ死んだな

こいつはきっと 悪魔だな ああ お助けを！

ステファノ

四本足で声二つ 手の込んだモンスター

前の声 友達の事 誉めている

ケツの声 クサい言葉で貶（けな）すだけ

俺の樽から ワインをやって

マラリア熱が 下がるなら

みんな飲ませて やってもいいぞ

ほら アーメンと！ 別の口にも 流し込む

トリンキュロ

ステファノ

ステファノ

おめえの別の その口が この俺を呼んでるか？

何て事？ これはデビルだ

モンスターとは思えない 逃げるが勝ちだ

悪魔など もてなしするの まっぴらだ

トリンキュロ

ステファノ もしおまえ ステファノならば

俺に触って 話をしろよ

だって俺 正真正銘 トリンキュロ

怖がるな　親友のトリンキュロ

ステファノ

　もしおまえ　トリンキュロなら　出て来いよ

　短い足を　引っ張ってやる

　もしそれが　トリンキュロ

　特有の足ならば　確かにおまえ　トリンキュロ

　なぜこの馬鹿の　虜になんかなっていた？

　こいつがおまえ　吐き出したのか

トリンキュロ

　俺はこいつが　雷に打たれて死んだ　そう思ったぞ

　ステファノ　おまえ溺れ死んでは　いなかったのか？

　確かにおまえ　溺死ではない

　嵐もう去ったのか　嵐怖くて死んだ馬鹿

　着ていた上着　その下に隠れてた

　おまえ　生きてる？　ステファノ？

　ナポリの者が　二人だけ生きていた

ステファノ

　頼むから　この俺を　そうグルグルと回すなよ

　腹の具合が　悪いんだ

キャリバン

　この二人　妖精じゃないのなら

　すごいもんだよ　神様だ

　神聖なドリンクを　持っている

ステファノ

どうやって 助かった？
どうやって ここに来た？
ワインの樽に 誓いを立てて 言ってみな
どういう風に 来れたんだ？
俺はなあ 水夫が投げた ワインの樽に
しがみつき 助かった 樽に懸け 嘘じゃねえ
岸に上がった その後で 木の皮剥いで
これは手作り 俺の樽

キャリバン

ワインの樽に おらは誓って
あんたの家来 なるからな
だってその ドリンクは この世のものと 思えねえ

ステファノ

さあ誓え この樽に懸け どうやって 逃げ出せた？

トリンキュロ

アヒルのように 泳いだからな
俺はなあ アヒルみたいに泳げるぞ
誓って ホント！

ステファノ

ワインに懸けて 誓うのならば
アヒルみたいに 泳げても
出来ばえは ガチョウだな

トリンキュロ

おい ステファノ ワインはもっと あるのかい？

ステファノ

　樽ごとな 俺のワイナリー 海辺の穴だ

　そこにワインは 隠してる

　(キャリバンに) おまえの病気 どうなんだ?

キャリバン

　ひょっとして あんた天から降って来た?

ステファノ

　その通り 月からだ

　かつての俺は 月に住む男であった

キャリバン

　月のあんたを見た事あるよ ありがてい

　ここにいる 主人の娘

　あんたと犬と 藪の事 教えてくれた

ステファノ

　さあ この樽に 誓うのだ

　また中身 足してやるから 誓うのだ

トリンキュロ

　お天道様の 光に懸けて 言うのだが

　この男 脳足りん 足して二で割り 化け物だ

　俺がこいつを 恐れてた?

　オツムの弱いモンスター

　月の男と? 騙されやすい 哀れな奴だ

　いよ～ぅ! いい飲みっぷり 本当に

キャリバン

この島のいい所 みんな皆 教えてあげて
あんたの足に キスをするから
おらの神様 なっとくれ

トリンキュロ

お天道様の 光に懸けて この男 横着な酔いどれ男
神様が眠っていたら ワインをみんな かっぱらう

キャリバン

あんたの足に キスをして
言われた通り従うと 誓うから

ステファノ

よし それならば 跪き誓うのだ

トリンキュロ

子犬オツムの モンスター
見ているだけで 笑い死にしてしまう
下劣な奴だ 殴り飛ばしてやろうかな

ステファノ

さあさ 今すぐキスをしろ

トリンキュロ

でもこいつ 酔っぱらってる
悍（おぞ）ましい モンスター！

キャリバン

最高の 泉 教えて あげるから
木の実も 摘んで きてあげる
魚も 釣って きてあげる

薪をいっぱい 持って来る
おらが仕える 意地悪 爺（じじい） くたばっちまえ！
あいつのためにゃ 小枝さえ もう運ばねえ
素晴らしい あんたに仕え 働くよ

トリンキュロ

ひどく馬鹿げた モンスター！
飲んだくれ 神様と取り違え トンチンカンだ

キャリバン

リンゴ生ってる所へと 案内するよ
長い爪 使って掘って クルミも取って来てあげる
バカ鳥[13] の巣も教えるし
小猿を罠（わな）に 掛ける仕方や
ハシバミの実が 生ってる所 教えるよ
岩場から海鳥のヒナ 取って来る
ついて来るかい？

ステファノ

では わしを 案内いたせ
だが おしゃべりは やめてくれ
トリンキュロ 王もみんなも 溺れた後だ
この島は 俺たちのもの
（キャリバンに）おい 俺の 樽を持て
なあ トリンキュロ またこいつには

13　原典 "jay"「カケス／カンドリ類の鳥」 別の意味「バカ」

ワイン飲ませて やろうじゃねえか

キャリバン

(酔っぱらって歌う)

　　嫌な主人と お別れだ

　　さらばだ さらば

トリンキュロ

　吠えよ モンスター

　酔いどれの モンスター

キャリバン

(歌う) 魚取るのは もうやめだ

　　薪を運ぶの もう嫌だ

　　頼まれたって もうしねえ

　　盆は拭かねえ 皿 洗わねえ

　　バンバンババン キャリバンさまにゃ

　　新しいご主人だ 新しいお方だよ

　自由だ ヤッホー！ ヤッホー 自由！

　自由だ ヒャッホー！ 自由だぞ！

ステファノ

　おお 素晴らしい モンスター！

　さあ 案内を…

(一同退場)

第3幕

第1場

プロスペロの住む岩屋の前

（ファーディナンド 丸太をかついで登場）

ファーディナンド
　娯楽にも　苦痛伴う事がある
　喜びを見つけ出せれば　辛さ忘れる
　卑しい仕事　誇りを持てば　難なくできる
　貧しき事も豊かに実る　こんなにも卑しい仕事
　僕には重く　悍ましいもののはず
　ところがだ　僕が仕える娘がいれば
　死んだ心に　息吹を与え
　僕の仕事を　喜びにしてくれる
　彼女ときたら　つむじ曲がりの父親の
　何十倍も優しい人だ　父親は冷酷だ
　ここにある　多くの丸太運び込み　積み上げる
　厳格な命令だ
　可愛いあの娘(こ)　僕がしてるの　見ていると

涙を流し こんな卑しい仕事など
全く僕に不釣り合い そう慰めてくれるんだ
ああ 仕事 忘れてた
このスイートな思いは 僕が忙しい時
心からリフレッシュしてくれる

(ミランダ登場 少し離れた位置にプロスペロが
立っている)

ミランダ

ああ ひどい事！
お願いだから そんなにも働かないで
私 さっきの稲妻となり
あなた一人で 積み上げるよう
命じられてた 丸太 全部
燃やしていたら 良かったのにね
どうか 座って お休みを
父は今 研究に没頭してる
一休みなさっても 三時間なら安心よ

ファーディナンド

お気遣い ありがとう 言われた事を 今やらないと
日が暮れて しまいます

ミランダ

座ってて くださいね その間 私が丸太運びます

その丸太 渡してね 私が積んで 来ますから

ファーディナンド

何をおっしゃる ?!

この腕の筋肉が切れ 背骨折れても

そんな事 させるわけには いかないよ

ましてや 座り 見てるだけなど！

ミランダ

あなたに似合う 仕事なら 私にも 似合うはず

それに私は 楽にできます 喜んでする 私です

嫌々なさる あなたでしょ

プロスペロ

〈傍白〉いじらしい娘だ

恋の病にかかったな ここに来るなど その証拠

ミランダ

お疲れの ご様子よ

ファーディナンド

いえ お嬢さま あなたが側に いてくれるなら

夜でさえ フレッシュな朝になる

お願いだ 祈りの時に必要なので

お名前を 教えてくれる？

ミランダ

ミランダですわ

ああ 言いつけに 背いた事に …

ファーディナンド

　ミランダですか⁉ 素敵です！ 賞賛に 値しますね
　この世において 一番の高貴なるもの
　多くの女性 目にしてきたし 敬意払った
　美しい 話し言葉に 耳そば立てて いましたし
　いろんな美点 それ故に いろんな女性
　好ましく 思った事がありますが
　まだ誰一人 魂さえも魅せられた人
　誰一人 ありません
　今までの女性には どこかしら欠点があり
　それが美点を 帳消しに
　だがあなた 完全無欠 長所ばかりで 造られている

ミランダ

　私の周り女性など 誰一人 いないのですよ
　鏡に映る 私の顔がただ一人
　男性も 父の他ではあなただけ ただ一人
　この島の外にいる人々の 姿形は分からない
　でも私にと授けられ 大切な宝石である
　純潔に懸け 申します あなた以外の誰一人
　側にいたいと 思いませんわ
　心に描く 男性像で
　あなたの他に 愛せる人はありません
　まあ私 はしたない事 口にして ごめんなさいね
　父の言いつけ 忘れてしまい…

ファーディナンド

ミランダ 僕の身分は 王子なんだよ

いや きっと もう王だろう

そうでない事 願うだけ

だから 僕には丸太運びの仕事など

肉蝿^{ニクバエ 14} に煩わされる それ以上 我慢できない

でも僕の 魂の声 叫んでる

あなたを一目 見た時に

僕の心はあなたのもとに 飛んで行き

あなたのために我慢して 丸太運びをしています

ミランダ

私に愛を くださるの？

ファーディナンド

天よ！ 地よ！ 僕の言葉の 証人となり

その言葉 真実ならば 幸せを与えて欲しい

偽りならば 僕にある幸運すべて

悪運に 変わってもいい

この世のすべて 何よりも

僕はあなたを 愛し尊び 大切にする

ミランダ

バカなのね 私こんなに幸せなのに

頬に涙が流れるの

プロスペロ

14　腐った肉や生きている動物の生身を主食にするハエ

〈傍白〉比類なき 二つの愛の結びつき

その上に築かれる 二人の未来

恵みの雨で 潤してくれ！

ファーディナンド

どうしてそんなに 泣いてるのです？

ミランダ

差し上げたいが 差し上げられぬ

いたらない 私です

死ぬほど欲しい ものでさえ

欲しいなど 申す勇気はありません

でもこれは 上辺の事で

本心は 隠そうと すればするほど現れる

恥じらいの 仮面は捨てて

純真無垢な 心を 言葉に託します

私との結婚を お望みならば

あなたの妻に なりますわ

そうでないなら 娘のままで あなたの侍女に

それも嫌だと おっしゃるのなら

召使いでもいたします 差し出がましい事ですが

ファーディナンド

あなたこそ僕の伴侶だ 生きてる限り仕えます

ミランダ

それって ホント？ 私の夫？

ファーディナンド

心を込めて！

囚われの身が 自由求める様<ruby>様<rt>さま</rt></ruby>に似て

手に手を取って！

ミランダ

この手には 心を込めて

今しばらくはお別れよ 会えるのは 半時間後に

ファーディナンド

何度でも！ 会えるなら 何度でもいい！

（ファーディナンド ミランダ 退場）

プロスペロ

わしの喜び 二人には 適<ruby>適<rt>かな</rt></ruby>わない

二人には 驚きの連続だろう

だが わしにとり これほどの喜びはない

魔法の本に 戻るとしよう

夕食前に片づけるべき 大事な仕事 残ってる

第2場

島の別の場所

（ステファノ トリンキュロ キャリバン登場）

ステファノ

うるせえな ワインの樽が空（から）になりゃ 水を飲む

それまでは 一滴たりとも 水は飲まねえ

さあその樽に 攻撃開始 怪物下郎 乾杯だ

トリンキュロ

怪物下郎⁉ この島の化け物だ

この島に 五人がいるという事だ

そのうち俺ら 三人だ

あとの二人 頭の程度 同じなら

この島は 千鳥足

ステファノ

飲めと言ったら 飲まねえか 怪物下郎！

何だその顔 目が据わってる

トリンキュロ

顔でなきゃ 一体どこに据わるんだ？

目が尻にでも 座ってりゃ

これぞ立派なモンスター！

ステファノ

怪物下郎　舌をワインに溺れさせ
この俺は海でさえ　溺れなかった
岸に着くまで　進んだり　流されたりと
泳いだ距離は　千六百キロ
お天道様に懸けて言う　おまえは俺の副官だ
それがダメなら　旗持ちだ

トリンキュロ

副官がいい　旗持ちなんか　向かねえよ

ステファノ

怪物さんよ　俺たちは　走って逃げはしないから

トリンキュロ

歩きもしない　俺たちは　犬のよう寝そべって
一言も　口はきかねえ

ステファノ

馬鹿者め　もしおまえ　まっとうな馬鹿ならば
まっとうな事　言ってみろ

キャリバン

ご機嫌は　どうですか？
あんたの靴を　舐めるから
こいつには仕えねえ　こいつときたら　臆病だ

トリンキュロ

勝手な事を　ぬかすんじゃねえ
頭　空ケツ　モンスター
俺はなあ　いざとなりゃ　警官とでも　やり合うぞ

俺さまが臆病ならば 今回俺が飲んだほど

ワインを飲んで みるがいい

半人半魚 化け物め モンスター的 嘘をぬかすな

キャリバン

ほら またおらを 馬鹿にする！

ご主人さまよ 早く何とかしておくれ

トリンキュロ

ご主人さまか 天然の馬鹿 間抜け

キャリバン

ほら また来たよ 噛み殺してよ こんな奴

ステファノ

トリンキュロ 口の利き方 気をつけろ

叛逆と 分かればすぐに 縛り首

この怪物は 俺の家来だ 無礼な態度 許しておけん

キャリバン

ありがてえ ご主人さまだ

ところでさっき 頼んだ事を もう一度頼むから

ステファノ

いいだろう 跪き 繰り返せ

立ち上がるから トリンキュロ おまえも立てよ

（透明のエアリアル登場）

キャリバン

前にも言った 事だけど
デタラメな奴 おらを支配し 奴隷みたいに扱った
魔法使いで この島を おらから奪い取ったんだ

エアリアル

嘘つきめ！

キャリバン

（トリンキュロに）おまえこそ 嘘つきだ
この道化猿 勇敢なご主人が
おまえなんかを 殺してくれりゃ せいせいするわ
おらは嘘など 言ってねえ

ステファノ

トリンキュロ もうこれ以上
家来の話 邪魔をしてみろ
おまえの前歯 へし折るぞ

トリンキュロ

何でだよ！ 俺は何にも言ってねえ！

ステファノ

それでいい 何も言うなよ
（キャリバンに）先を続けろ

キャリバン

言いたい事は 魔法で奴は おらの島 取ったんだ
ご主人が おらの仇を 取ってくれりゃあ
——あんたなら してくれる——
この弱虫じゃ 無理だろう

ステファノ

やってやる

キャリバン

そしたらあんた 島の王さま

おらはあんたに 仕えるよ

ステファノ

どうしたら それができるか?

そいつの所 この俺を 連れて行けるか?

キャリバン

できるよすぐに 奴が寝ている所へと 連れてくよ

そこであんたは 奴の頭に 釘を打ち込む事できる

エアリアル

嘘つきめ できるわけない

キャリバン

何だこの まだらの服の阿呆めが!

このケチな 道化野郎が!

お願いだ ご主人さま

殴り倒して ワインの樽を取り上げて!

ワインなくなりゃ 塩水だけが飲み物だ

絶対に清水の泉 教えねえ

ステファノ

トリンキュロ これ以上 口を挟むと

痛い目に 遭わせるぞ

一言さえも チャチャを入れると

おまえなど 干物魚にしてからな 茶漬けにするぞ

トリンキュロ

　ちょっと待ちなよ

　一体俺が 何をしたって 言うんだよ

　じっとしてたぞ 離れていよう

ステファノ

　「嘘つきめが」と 言っただろう

エアリアル

　嘘つきめ！

ステファノ

　俺さまが 嘘つきだと?!

　（トリンキュロを殴る）これが気に入りゃ もう一度

　「嘘つきだ」って 言ってみな

トリンキュロ

　嘘なんか 言ってねえ

　イカれてるのは 頭の他に 耳までなのか?!

　ワインの樽に 呪いあれ

　ワインのせいで そうなるんだな

　化け物なんか 疫病にかかってしまえ！

　おまえの手 悪魔千切って 持っていけ！

キャリバン

　ハハハハハ！

ステファノ

　さあ 話 続けろよ

　（トリンキュロに）おまえはあっちへ　行ってろよ

キャリバン

　したたかに　殺（や）ってやれ

　おらもついでに　どついたる

ステファノ

　（トリンキュロに）もっと離れて

　（キャリバンに）さあ先を！

キャリバン

　そうなんだ　今　言ったけど

　奴は決まって　昼過ぎに　寝るんだよ

　その時に　奴の頭を打ち砕き　殺しておくれ

　まず最初　奴の本　取り上げる

　そうしたら　丸太でド頭（タマ）　叩き割っても

　土手っ腹　杭（くい）で風穴　開けようと

　ナイフ使って　喉笛を　かっ切ろうと　したい放題

　本を奪うの　大事な事だ

　本がなければ　奴もおらほど　ただのバカ

　妖精一人　思い通りに　できねえんだよ

　おらと一緒で　妖精みんな

　腹の底から　奴の事　嫌ってる

　奴の本　燃やし尽くせば　こっちのもんだ

　奴は立派な　「調度」とかいう　家具を持ってる

　家を建てたら　それで飾るという事だ

　一番の事　奴の娘の美しさ

娘の事 絶世の美女だって 自慢している
おらの知ってる 女と言えば
お袋のシコラックスと その娘だけ
比べてみると ずっとあの娘が 上の上
一番ひでえシコラックスは 下の下の下

ステファノ

その娘 そんなに美人 本当か？

キャリバン

そりゃもう スゲエ！
ご主人さまの ベッドのお伴
そうなれば 可愛い子 生んでくれるよ

ステファノ

怪物よ その男殺してやるぞ
俺とその娘は 王と王妃だ 両陛下 万歳だ
おまえの他に トリンキュロ 総督に任命いたす
この筋書きが 気に入った？ トリンキュロ

トリンキュロ

素晴らしい！

ステファノ

握手をしよう 殴ったりして悪かった
だが これからも 口の利き方 注意しろ

キャリバン

半時間以内には 奴は必ず眠り込む
その時に やっておくれよ

ステファノ

絶対に やってやる

エアリアル

この事を ご主人さまに伝えよう

キャリバン

あんたのお陰 おらはウキウキ いい気分

陽気にいこう 尻とり歌を やってくれ

今さっき 教えてくれた その歌を

ステファノ

頼まれりゃ やれる事なら やってやる

さあトリンキュロ 一つ歌って やろうじゃねえか

(歌う) あざけって バカにして

バカにして あざけって

思うだけなら 勝手気ままだ

キャリバン

そんな調子じゃ なかったよ

(エアリアルが小太鼓と笛を演奏する)

ステファノ

何だこれ? この曲は?

トリンキュロ

これ俺たちの 尻とり歌だ 体は見えず 音だけだ

ステファノ

人間ならば 姿を見せろ 悪魔なら 勝手にな

トリンキュロ

俺の罪　お許しを！

ステファノ

　　死んでしまえば　負債ゼロ　やるのなら　やってみな
　　だが神様の　お助けを！

キャリバン

　　おい　あんた　怖がってるの!?

ステファノ

　　怪物よ　そうじゃねえ

キャリバン

　　怖がるなんて　必要ねえよ
　　この島は　騒音や音楽や　甘い歌声　溢れ来て
　　喜びに満ち　害はねえ
　　ある時にゃ　沢山の楽器の音が　耳に木霊し
　　ある時にゃ　歌声が　響き渡るよ
　　そうなると　よく寝た後も　眠くなり
　　夢見ると　雲が裂け　宝物降り注ぐ
　　その直前に目が覚めて　夢の続きが見てえから
　　泣いた事さえ　あるんだよ

ステファノ

　　ここは俺には　素晴らしい　王国になる
　　ただで音楽　聞けるから

キャリバン

　　プロスペロなど　やっつけろ

ステファノ

焦らねえでも やってやる

おまえの話 忘れちゃいねえ

トリンキュロ

音がどんどん 遠くなる

ついて行こうぜ 仕事は後だ

ステファノ

怪物よ 案内いたせ ついて行く

太鼓叩きを見てみてい なかなかうめえ

トリンキュロ

行くのかい？ それじゃ俺もついて行く

（一同退場）

第3場

島の別の場所

（アロンゾ セバスチャン アントニオ ゴンザーロ
エイドリアン フランシスコ その他登場）

ゴンザーロ

もうこれ以上 一歩たりとも進めない

老骨に鞭 堪えます

迷路さ迷い歩くよう 直進したり 曲がったり

失礼ながら　休ませてもらいます

アロンゾ

　　そのお年では　無理もない　わしでさえ　疲れ果て

　　気力が失せて困ってる　腰を下ろして　少し休もう

　　とうとう　ここで　希望は捨てる

　　慰めのため　取っておくなど　未練がましい

　　あちらこちらと　探したが　見つからぬ

　　ファーディナンドは　溺れて死んだ

　　陸上の空しい捜査　海が嘲笑してるはず　もう諦める

アントニオ

　　（セバスチャンに囁く）

　　嬉しい限りだ　王が希望を　捨てた事

　　一度失敗したからと　諦めは無用です

　　やると決めたら　最後までやり抜くのです！

セバスチャン

　　（アントニオに囁く）次の機会は　逃さない

アントニオ

　　（セバスチャンに囁く）殺るなら　今夜

　　歩き回って　みんなへとへと

　　元気な時と同じよう　警戒はできないだろう

セバスチャン

　　（アントニオに囁く）今夜決行！　それで決まりだ

　　（厳かで　不思議な音楽　プロスペロがみんなに見

（えない高い位置に登場 数人の奇妙な姿の者たち
が饗宴の用意をする 優雅な身振りで踊り 挨拶し
王たちをテーブルに招き 退場）

アロンゾ

麗しいハーモニー 聞こえるだろう

ゴンザーロ

天にも昇る 香しいメロディーだ

アロンゾ

神よ！ 天使でお守りを！

何だったのだ？ 一体これは？

セバスチャン

道化師の ライブかも

こうなるとユニコーン[15]さえ 信じられるし

アラビアに 不死鳥の

王座備わる 木がある事も 信じられるな

まだそこで フェニックス 君臨してる事さえも

アントニオ

わしは両方 信じるよ

その他(ほか)の不思議な事も 信じよう

外国の旅一度たりとも 出た事がない

馬鹿どもの反応だ 旅人に嘘はなかった

---

15 「一角獣」純潔と力の象徴

ゴンザーロ

　もし私 ナポリにて この話するならば

　信じられると 思います？

　こんな住人 島で見たなど

　確かに彼ら 島の者

　姿こそ奇妙でしたが あの上品な身のこなし

　立派な作法 我ら世代の人間の

　多くに欠けて いるもので…

　多くではなく 人々の ほとんどすべて

プロスペロ

　〈傍白〉誠実な顧問官 よくぞその事 申された

　今その中に悪魔より 劣る人間 含まれている

アロンゾ

　その姿 その身振り

　その音楽と表現力は 驚嘆（きょうたん）に値する

　言葉一つも発せずに 無言の言葉 語る様（さま）

　この世のものと 思えない

プロスペロ

　〈傍白〉誉め言葉使うなら 最後にな

フランシスコ

　消え方が 奇妙でしたね

セバスチャン

　そんな事 どうでもいいぞ

　ごちそうを 作っておいて くれたから

食べましょう お腹が空いた

アロンゾ

いや わしは 食べないぞ

ゴンザーロ

恐れる事は ありません 我々が 子供の頃に

牛のよう 喉の皮 垂れ下がり

袋のようになってる男 頭が胸についてる人種

そんな話を 誰が信じていたでしょう

ところが今は 冒険家 担保をもとに旅をして

無事に帰れば 五倍の金が手に入る ご時世だから

アロンゾ

では わしも食べるとするか

これが最期の晩餐にても 構わない

人生の最高の時 もう過去のもの

セバスチャン アントニオ さあ共に

(雷鳴と稲妻 ハーピー[16]姿のエアリアルが登場

卓上で翼を広げ 魔法で食卓の料理を消し去る)

エアリアル

あなたら三人 罪人よ

この下界 すべてを支配 なさってる

16　ギリシャ神話 地下や墓地に住む半人半鳥の怪物 顔と上半
　身は女で 鳥の翼と鋭い爪を持つ 「掠め取る女」の意味

運命の神 飽くなき海に命じられ
あなたらを吐き出させ 無人の島へ投げ上げた
人の世で 生きる資格がない悪党ね
発狂させて あげましょう
狂った勇気 自らの首を絞め 溺れさす

（アロンゾ セバスチャン アントニオ 剣を抜く）

愚か者！ 私と仲間 運命の神 その使いです
この世のもので 造られた剣
うなる風切り 水を刺しても 無意味なように
私の翼 その羽は 切り落とせない
私の仲間 同様に 不死身です
その剣で斬ろうとしても もうそれは重すぎて
振り上げたりも できないわ
思い出すのよ そうさせるのが 私の務め
あなたら三人 ミラノから
善良な大公の プロスペロ 追放し
罪もない幼子も 海に流した
今 海が あなたらの罪業に 報復します
神々も お忘れにならないで 遅まきながら
海や陸 すべての生き物 駆り立てて
あなたらの安らぎを 覆えし
あなたの息子 召し取られたわ アロンゾよ

106

私 介して 神のお告げを 聞くがいい

すぐに死ぬより はるかに辛い

刻々と移り行く 時の刃が

あなたらの心も体も 切り刻む

神々の 怒りを込めた 鉄槌が

あなたらの 頭上に落ちる

まぬがれる道 ただ一つ

真からの改悛と 清らかな生き方よ

(エアリアルは雷鳴の中に消える 心地良い音楽に
乗り 奇妙な姿の者たちが再び登場する しかめっ
面をしたり 侮る表情をして テーブルを運び去る)

プロスペロ

〈傍白〉ハーピー役の演技は見事！ エアリアル！

ごちそうも 手際よく取り上げた

指示した通り 何も省かず

言うべき事も 的確に言い

端役であった妖精も うまく演じた

わしの高度な 魔法の力 発揮され

敵の者ども 狂乱の網の中

彼らはみんな 我が手中 混乱の渦の中

その間にと みんながすでに 溺れたと思ってる

ファーディナンドと我が娘 見て来よう

（プロスペロ　高所から退場）

ゴンザーロ

　どうなさったか？

　なぜそのように　一点見つめ　立ってるのです？

アロンゾ

　奇怪な事だ　ああ恐ろしい！

　大波が口を開け　あの事を告げ

　風があの事　歌ったような　気がしたが

　雷も恐ろしく低い音　パイプオルガン　さながらに

　プロスペロ　その名を叫び

　わしの罪にと　うなり声　響かせた

　わしの息子　眠ってるのは　海の底

　測量船の　錘〔おもり〕届かぬ深い海

　捜し当て　わしもその底　墓とする　（退場）

セバスチャン

　悪魔でも　一匹ずつと

　かかって来たら　片づけてやる

アントニオ

　助太刀するぞ

（セバスチャン　アントニオ退場）

ゴンザーロ

三人揃い 形相必死

毒薬が体中 回ったように 昔の罪が 心に刺さる

頼むから 体しっかりしてる者 すぐ後を追い

間違いが 起こりそうなら お止めしろ

エイドリアン

どうか後から 来てくださいね （退場）

第4幕

第1場

プロスペロの住む岩屋の前

（プロスペロ　ファーディナンド　ミランダ登場）

プロスペロ

　罰は君には 厳しすぎたが
　この事で 償いとなるだろう
　我が人生の 1/3
　いや 生きる 目的さえも与えよう
　今 君の手に 娘委（ゆだ）ねる事にする
　腹立ちも あっただろうが
　すべては君の 愛を試して みるためだった
　君は試練に 耐え抜いた
　今ここに 証人を天に任せて
　大切な我が宝 君に授ける
　ファーディナンドよ 娘自慢の
　このわしを 笑うでないぞ
　いずれ君にも 分かるだろうが

いかに誉めても 誉めすぎなどで ないからな

ファーディナンド

神託に反していても 信じます

プロスペロ

それならば 我が贈り物

また君自身 勝ち得たものと考えて

この娘 もらうが良いぞ

もし君が 婚礼の聖なる儀式 その前に

乙女の結び 解いたなら その契り育む 恵みの雨を

降らせる事は ないだろう

それとは逆に 不毛の増悪 蔑みの目や不和により

君らの寝床 忌まわしい雑草が生え

横たわるのも 悍ましくなるだろう

だから それには 気をつけなさい

結びの神のハイメンに 松明を明るく照らし

二人 祝福してもらうため

ファーディナンド

僕の望みは 穏やかな日々 良い子供

今のよう 愛溢れくる 人生ですね

訝しい部屋 人目につかぬ 怪しげな場所 近寄らず

邪心の誘い 打ち払い 名誉に懸けて

情欲に 駆られる事は ありません

17　ギリシャ神話 結婚の祝祭の神

結婚式の喜びを 削いだりしない
その日になれば 太陽の神 フィーバス[18]の馬
怪我をしないか やきもきし
夜の神 地下で繋がれ 動けないかと心配します

プロスペロ

よく言った 少し座って 娘と語り合うがいい
おい エアリアル 忠実なエアリアル

(エアリアル登場)

エアリアル

何か御用で? 控えています

プロスペロ

端役の者も おまえもうまく
さっきは仕事 してくれた
もう一度 頼み事 あるからな
みんなをここに 呼んで来い
おまえには その力 授けるからな
今すぐ準備 かからせろ
わしは是非とも 若い二人に
わしの魔法が 創り出す 幻想世界 味わわせたい

エアリアル

---

18 ギリシャ神話 太陽神アポロンの別名

112

今すぐですか？

プロスペロ

瞬き一つ 瞬時のうちだ

エアリアル

「さあ行け」と 言われた後に

二度息をして「そうそう」とおっしゃる前に

軽やかにやって来ますよ

しかめっ面で 侮って ここにすぐ

話変わって 私の事を可愛いと お思いで？

プロスペロ

思っておるぞ エアリアル

わしが呼ぶまで 出て来るな

エアリアル

仰せのままに （退場）

プロスペロ

忠実であれ 快楽の戯れに

手綱締めても 締めすぎはない

固い誓いも 情熱の炎には 藁の如しだ

禁欲であれ さもないと

先ほどの誓いとは 決別となる

ファーディナンド

ご心配なく 心を覆う 純白のバージン・スノー

情念の火を 冷たく消して くれるはず

プロスペロ

それで良い さあ出番だ エアリアル
妖精の数 足りないよりは 余るほど連れて来い
元気よく 現れろ
（ファーディナンドとミランダに）
口を閉じ 目を見開いて 静かにな

（〔静かな音楽〕仮面劇 アイリス[19]登場）

アイリス

豊穣の 女神のケレス あなたの草地 豊かに実る
小麦 ライ麦 大麦やオーツ麦
エンドウや サヤエンドウ
草萌ゆる丘 牧草食べる羊たち
なだらかな牧草地には 干し草の山
川岸にシャクヤクやユリ 咲き誇り
雨の四月の 花飾り
水の妖精 花の王冠 頭に付ける
エニシダの 小さな森の木陰には
恋に破れた若者たちが 心癒しにやって来る
竿建てた 生け垣のブドウ畑
海辺の岩場 砂浜は憩いの場
私は天の 虹の架け橋

---

19 ギリシャ神話 虹の女神 神々のメッセージを伝える使者

天の女王 私を使者に 命じられるは
いつもの住処(すみか) 後にして この草原にやって来て
共に楽しく 時を過ごすという事よ
女王の車引く 孔雀の羽は
矢のようなスピードで 飛んで来る
さあケレスさま 女王のおもてなしにと

(ケレス〔エアリアル〕登場)

ケレス

これはようこそ 七色の使者
ジュピターの お妃にお仕えし
サフラン色の翼から 私の花に
甘い露 さわやかな雨 降り注ぎ
木々が茂る地 赤土の上
青い弓 その両端を架け結び
私が誇る 大地の上に
スカーフ掛ける あなたの女王
なぜ私(わたくし)をこの草原に お呼びなのです?

アイリス

真実の愛 二人の契り 祝うため
幸せな恋人たちに 贈り物 授けるのです

ケレス

天の架け橋 アイリスよ 教えてほしい

知ってるでしょう？

ヴィーナスと その息子キューピッド[20]

今 女王に 付き従っているのかどうか

あの二人 企んだ計画で

冥界の国 その王[21]が 私の娘奪って以来

その妻の女神と共に 目隠しをしたその息子

二人とは会わないと 誓ったのです

アイリス

ご心配なく 出会う気づかい 要りません

あの女神 ヴィーナスは 息子と共に

雲を裂き 飛ぶ鳩の車に乗って

ペイフォス[22]目指し 去って行ったわ

最初二人はここに来て 青年と乙女とに

みだらな魔法 かけようと 試みた

だが ハイメンの松明が 灯るまで

ベッドは共に しないと誓う

二人の心 誓いは固く 無駄だと知った

マルスの情婦[23] すごすごと退散し

感傷的な 息子は矢など へし折って

もう二度と 矢は放たぬと 誓いを立てて

20　ローマ神話の恋の神（目隠しをして弓矢を持った子供姿
　　で描かれる）
21　ローマ神話のプルート
22　キプロス島の南西部にある町 ヴィーナスの神殿があった
23　ローマ神話 ヴィーナスのこと 軍神マルスの浮気の相手

雀と遊び 本来の子供のように 暮らすと言った

ケレス

最高位 その女王のジューノさま お越しです

足どりで 分かります

（ジューノ登場）

ジューノ

実りの女神 我が妹よ

私とともに 二人のために お祝いを！

栄えある未来 子宝に恵まれるよう！

（歌う）名誉と富と 結婚の祝福を

命が続き繁栄と日々の喜び あるように！

ジューノ捧げる 祝祷の歌

ケレス

（歌う）大地は実り 収穫溢れ

納屋 倉庫 蓄え絶えず

ブドウ 鈴なり 房をつけ

作物 たわわに 実を結び

収穫の秋 終わるとすぐに 春よ来い

欠乏 不足 二人には 無きように

ケレスの祝祷 二人のもとに

ファーディナンド

壮麗な 幻想世界

それに加えて 心に響く あのハーモニー
ここにいるのは 妖精ですか?

プロスペロ

妖精だ 魔法を使い 住処_{すみか}から呼び出して
わしの思いを 演じさせた

ファーディナンド

これからずっと ここにいて 暮らしたい
奇跡を起こす 賢者を父に 持つならば
この島は パラダイス

(ジューノとケレスは囁き アイリスに用事を言い
つける)

プロスペロ

さあさ 静かに ジューノとケレス 何事か
真顔にて 話し合ってる
まだ続き あるのだな シイッー! 黙るのだ
でないと 魔法 効かなくなるぞ

アイリス

ナイアッド²⁴ そう呼ばれ
曲がりくねった 川に住み
スゲの冠_{かんむり} 頭上に載せて

---

24 ギリシャ神話 川や水の精

118

無邪気な顔の 妖精たちよ
波立つ川を 後にして
みずみずしくて 緑に染まる
大地へと おいでなさいな
ジューノさま お呼びです
清らかな妖精よ 真(まこと)の愛が 結ぶ契りを 祝うため
お手伝いにと お越しなさいな 遅れないでね

（数人の妖精登場）

11月の 焼ける日射しに
疲れ果てたる 農夫たち 畔(あぜ)を離れて ここに来て
陽気になって 少しお休み しなさいね
麦藁帽を 被ったら 妖精の手を取って
村の踊りを 始めましょうね

（正装した幾人かの刈り入れの農夫たち登場 彼ら
は妖精と一緒になり 優雅な踊りを始める 踊りが
終わる直前に プロスペロが不意にギクッとして
口を開く その後 うつろで奇妙な乱れた音がし 妖
精たちは悲しげに消え去る）

プロスペロ
〈傍白〉獣のキャリバンと その仲間たちに

わしは命 狙われてるの忘れてた

計画の時 もうすぐだ

(妖精に) よくやった 行け これで終わりだ

ファーディナンド

おかしな事だ お父上には

とんでもない事 起ったようだ

ミランダ

今まで父が あれほどまでに 怒り狂った事ないわ

プロスペロ

君は動揺しているようだ

困惑かもな 元気を出して

我らの余興 もう終わったぞ

今の役者は 言っておいたが 皆 精霊だ

すでに大気に 溶け入った 淡い大気に

礎(いしずえ)持たぬ幻想のよう 雲にも届く高い塔

豪華絢爛(けんらん) その宮殿や 荘厳な大寺院

巨大なる 地球そのもの

この地上 あらゆるものも やがては溶けて

実体のない 仮面劇など

はかなく消えて しまったように

その後に 一条の雲さえも 残らない

我々は 夢が織りなす 糸だけで

織り上げられて いるのだよ

はかない命 その締め括り それは眠りだ

120

君 わしは 苛立っている
わしの弱さを 許しておくれ
老いた頭は 混乱してる
虚弱なだけだ 気にするな
良ければわしの 岩屋に入り 休めばよいぞ
わしは散策 して来るからな
乱れ打つ 心を鎮め 冷静になる

ファーディナンド＆ミランダ

では お大事に

プロスペロ

わしが心に 思えばすぐに 出て来いよ
ありがとう エアリアル さあやるぞ

（エアリアル登場）

エアリアル

心得ました さてご用とは？

プロスペロ

キャリバンに 立ち向かう 用意をせねば

エアリアル

はい 我がマスター
ケレスを演じ その際に言おうかと 迷いましたが
叱られるかと 心配になり

プロスペロ

はっきりと 言ってみろ
悪党どもを どこに残してきたのだな？

エアリアル

先ほど言った 事ですが
あの連中は ワインで真っ赤に 酔い潰れ
やけに気が 大きくなって
顔に息など 吹きかけたなら 大気を殴り
足にキスした事だけで 大地蹴り
でもですね 悪巧みには警告のため
小太鼓を 叩いてみると
人慣れぬ 子馬のように 耳をそば立て
目を見開いて 音楽を 匂うかのよう 鼻先上げる
そこで私は 彼らの耳に 魔法をかけて
見てみると 母牛を追う 子牛のように
彼らは後に ついて来て
ハリエニシダや イバラや野バラ おかまいなしで
彼らの脛は トゲだらけ
最後には 岩屋の向こう 臭く濁った 水溜まりにと
放置して きましたが 顎まで浸かり もがくので
彼らの足も 届かぬ沼は ヒドい悪臭 放っています

プロスペロ

でかしたぞ 我が小鳥
もう少しまだ 透明の姿でな
岩屋には派手な服 置いてある

それをここへと 持って来い
盗人どもを捕まえて 囮といたす

エアリアル

はい 今すぐに （退場）

プロスペロ

悪魔だな 根っからの悪魔だぞ
あの性分は 躾では直らない
わしの苦労も かけた情けも
すべてがすべて 水の泡
年を取り 体だんだん醜くなって
それに連れ ますます心 腐りゆく
彼らみんなを 懲らしめてやる

（派手な衣服を担いで エアリアル登場）

泣き喚くまで さあそれを
ライムの木にと 掛けておけ

（プロスペロとエアリアルは見えない姿で留まる
キャリバン ステファノ トリンキュロ ずぶ濡れに
なり登場）

キャリバン

頼むから 抜き足 差し足 忍び足

目の見えぬモグラにも 聞こえねえほど
岩屋 もうすぐそこなんだ

ステファノ

おい怪物よ ここの妖精
悪さはしねえ そう抜かしたな
ところがどうだ ヒデェ目に遭わせやがった

トリンキュロ

やい モンスター
体中 馬のしょんべん臭えじゃねえか
俺の鼻 それでメチャクチャ おかんむり

ステファノ

俺も同じ 聞いとるか この化け物め！
俺さまのご機嫌が まっすぐにならねえと
言っとくが 後が怖いぞ

トリンキュロ

おまえ イカれた モンスター

キャリバン

王さまよ ご機嫌直し ちょっとだけご辛抱
いいお宝に 会わせるからさ
そうすりゃこんな 災難なんか忘れちまうよ
だから小声で 話しておくれ
真夜中みたい 辺りはしんとしてるから

---

25 「ご機嫌斜め」になること（ギャグ）

トリンキュロ

　だが樽を泥水の中 落としたからな

ステファノ

　不名誉や不謹慎では 済まされん

　怪物よ 莫大な損失だ

トリンキュロ

　俺にとっては ずぶ濡れに

　なる事よりも 重大なんだ モンスター

ステファノ

　耳まで水に浸っても ワインの樽を取って来る

キャリバン

　どうかご主人 お静かに ほらここに見えるだろ

　これが岩屋の入口だ 音を立てずに入るんだ

　ご立派な「例の悪さ」を したのなら

　この島は 永久に あんたのもんだ

　おらは あんたのキャリバンで

　ずっとあんたの足舐める 奴隷になるよ

ステファノ

　よし握手だぞ 血の匂いする 考えが湧き起こる

トリンキュロ

　ああ 国王の ステファノさまだ

　おお 俺の王さまだ！

　素晴らしい ステファノ王だ

　見ろ おまえには ぴったりの 衣裳部屋

キャリバン

そんな物ほっとけよ 馬鹿だなあ ボロ屑だ

トリンキュロ

ほう そうか モンスター

俺たちは 装飾品の 目利きだぜ

ああ ステファノ王！

ステファノ

そのガウン脱げ トリンキュロ そのガウン 俺の物

トリンキュロ

では 国王に 献上いたす

キャリバン

水腫にかかり 溺れっちまえ このバカめ！

そんなものに こだわるか！

やるべき事があるだろう 殺すのが一番先だ

奴が目を覚ましたら 俺たちは

足の先から頭まで つねられて

見るに見られぬ 生き物にされちまう

ステファノ

静かにしてろ この怪物め

奥方さまの ライムの木

皮製のジャケットは 俺の物で？

木の下の ジャケットに こだわってると

ケガもないのに 毛が抜ける

梅の木に毒がありゃ それが梅毒

126

ケが抜けて無毛症[26] キが立てど 裸では

恥ずかしくって 立ってられねえ

トリンキュロ

ヤレ！ いてこませ！ 俺たちは几帳面[27]

ノートに書かぬ 王さまと 大違い

ステファノ

そのダジャレ 気に入った

ご褒美は 座布団を 一枚じゃなく[28]

この上着 一着だ 俺が国王 在位の間

しゃれっ気あれば おしゃれにと

もう一着を与えよう

トリンキュロ

モンスターよ 鳥もち[29]を手につけて

残りはみんな 持って行け

キャリバン

そんな物など どうでもいいよ

ぐずぐずしてりゃ ガチョウにされる

そうでなきゃ おでこが狭い

悪党面の 猿にされるよ

26　当時、梅毒に罹ると無毛症になるとされていた

27　原典 "by line and level"「几帳面に」の意味「帳面」と「ノート」のしゃれ

28　TV演芸番組「笑点」から

29　モチノキの樹皮からとったガム状の粘着性物資 鳥や虫を取るためのもの

ステファノ

　怪物よ 手を貸しな これを皆
　ワインの樽の ところまで 運ぶんだ
　言いつけ通りやらないと 俺の国から追放するぞ
　さあこれを 持って行け

トリンキュロ

　それに これ

ステファノ

　ああ これも

（ハンターの声がする いろんな精霊が猟犬の姿で
　登場し三人を追い回す プロスペロとエアリアル
　は猟犬をけしかける）

プロスペロ

　さあ マウンテン かかれよ かかれ！

エアリアル

　シルバー！ そこだ そこ シルバー！

プロスペロ

　フュアリー！ フュアリー！
　そこ タイラント ほらそこだ！

（キャリバン ステファノ トリンキュロ 追われて
　退場）

小鬼らに命令し 奴らを追わせ
あちこちの関節を きしませて 痙攣させろ
年寄りのよう 筋肉を引きつらせ
つねりまくって ヒョウや山猫 それ以上
体中 まだら模様にしてやるのだぞ

エアリアル

ほら あんなにも 泣き喚いてる

プロスペロ

したたかに 追い立てろ
わしの敵 これでもう 完全制覇
もうすぐわしの 仕事はすべて 完了いたす
そうなれば 大気のように おまえは自由
もう少し わしに従い 仕えておくれ

（プロスペロ エアリアル退場）

第5幕

プロスペロの住む岩屋の前

（魔法の衣装を着たプロスペロ エアリアル登場）

プロスペロ

わしの計画 山場に来たぞ
魔法はかかり 妖精は忠実だ
「時」の馬車 揺れずに進む
今は何時か？

エアリアル

六時です その頃に 私らの仕事はすべて 終了と
ご主人さまは おっしゃった

プロスペロ

確かに言った 最初 嵐を起こした時に
エアリアル 王と従者はどうしてる？

エアリアル

一箇所に 閉じ込めてます
命令通り 魔法をかけた 状態のまま

風雨から この岩屋 守るライムの 森の中
みんな虜に なってます
ご主人の 放免の許可 出るまでは
身動きは とれません
王と弟 ご主人の弟は 混乱 波乱 そのままで
他の者たちは それを見て 嘆き悲しむばかりです
特に立派な 老顧問官 ゴンザーロ
涙 髭から したたり落とし
見るからに 茅葺（かやぶ）き屋根が 氷柱（つらら）垂らしている様子
魔法しっかり 効いてます
ご覧になれば お気持ちも 和らぐでしょう

プロスペロ

そう思うのか？

エアリアル

はい この私 人間ならば

プロスペロ

わしも恐らく そうだろう
大気にすぎぬ おまえさえ
彼らの苦悩 哀れと思う
それなのに わしは同胞 同じ感情 持つ人間だ
おまえ以上に 心動くは 当然の事
彼ら犯した 大罪は 我が骨身 打ちのめす
だが わしは憤りより
気高い理性 その道をゆく

復讐に進まずに 細い小径の 赦しの道へ

悔い改めて いるのなら

もうこれ以上 苛んだりは しやしない

解き放て エアリアル わしは魔法の杖を折る

彼ら感覚取り戻し 正気の自分取り戻す

エアリアル

みんなを連れて 参ります （退場）

プロスペロ

丘や湖 小川や森の 妖精たちよ

砂地には 足跡つけず 湖の波引けば 後を追い

満ちるなら 跳びのいて

羊も食わぬ草原で 月の照る夜に輪になって

踊って作る その輪に響く 消灯の鐘の音

キノコ作りの 楽しい輪

非力と言えど おまえらの 力を借りて

真昼の太陽 翳らせて 吹きすさぶ風 巻き起こし

翡翠の海と 紺碧の空 その両者には

猛る戦を させたりもした

轟き渡る 恐ろしい雷鳴に

稲妻与え 雷の神 ジュピターの

神木である オークの木 裂き割った

強固な岩場 もろともに

岬揺るがし 松や糸杉 根こそぎにした

墓でさえ わしの命令従って

眠ってる者 揺り起こし

吐き出させたり したものだ

そのすべて わしの魔力のなせる業

荒くれたこの魔術 今ここで わしは捨てるぞ

天上の音楽を 奏でた後で ——今からするが——

その音楽で 彼ら正気に戻した後で

わしの計画 完了すれば

魔法の杖は 折って地の底 深く埋め

わしの本 測量の錘届かぬ

海底深く 沈めるつもり （厳かな音楽）

（エアリアル登場 その後にアロンゾはゴンザーロ
と共に 狂乱の様子のセバスチャンとアントニオ
は エイドリアンとフランシスコに付き添われ
登場した者たちは プロスペロが杖で描いた魔法
の輪の中に入り 呪縛状態で立ち尽くす プロスペ
ロはそれを見ながら話し出す）

プロスペロ

妙なる調べ 何よりも心を癒し

乱れた気持ち 鎮めてくれて 脳を休める

頭の中で まだそれは わけもなく煮えたぎる

まだそこに 立っておれ

呪縛の中に いるのだからな

聖なる人の ゴンザーロ 徳高き その人の目に
浮かぶ涙に ほだされて わしの目は もらい泣き
すみやかに 魔法は解ける
夜の静寂（しじま）に 朝の日が 忍びより
闇を溶かして ゆくように
澄み渡るべき 理性覆った 無礼な煙 追い払う
ああ 善良な ゴンザーロ
あなたはわしの 命救った恩人だ
主君にとって 忠義な家臣
あなたの恩義 それにしっかり 報いよう
言葉において 行為において
アロンゾ あなたは わしと娘に
残酷な 仕打ちなさった
弟のセバスチャンなど 実行役だ
それで今 良心の呵責によって 責められている
そして弟 アントニオ 野心に駆られ
哀れみや肉親の情 捨て去って
セバスチャンとは共謀し 王の暗殺企てた
人の道 外れたおまえ
それでもわしは 許してやるぞ
皆の分別 潮に乗り 満ちてきた
そのうちに 泥で汚れた理性の岸辺 浄化され
あるべき姿 取り戻すはず
彼らのうちの誰一人 わしを見てない 分からない

エアリアル 岩屋から わしの帽子と剣を持て

(エアリアル退場)

魔法の衣 脱ぎ捨てて
ミラノ大公 その姿にと戻るから
急ぐのだ エアリアル すぐに自由にしてやるぞ

(エアリアル登場 プロスペロの着替えを手伝う)

エアリアル

(歌う) 蜜蜂が吸う 蜜を私も 吸い取って
　　　　釣り鐘草の 中で寝る
　　　　フクロウの声 子守歌
　　　　コウモリの背に 乗って飛び
　　　　夏を楽しく 追いかける
　　　　今は楽しく 暮らすのよ 楽しくね
　　　　花咲く木 その下で

プロスペロ

何と優雅な エアリアル
おまえなしでは 寂しくなるな
でも あと少し 自由の身まで
そう その姿 透明のまま 王の船まで 飛んで行け
水夫たち 船底で眠ってるはず

船長と水夫長 起きてるだろう

その二人 何とかここに連れて来い

今すぐだ 頼んだぞ

エアリアル

颯爽と風を切り 飛び去って

ご主人の 鼓動二度 打つ前に戻ります （退場）

ゴンザーロ

あらゆる苦痛 困難 不思議 驚きが

ここに宿って いるのです

何とぞ天の お力で

この恐ろしい 国から救い くださいな

プロスペロ

見るがいい ナポリ王

その昔 欺かれたる ミラノ公爵プロスペロ

この通り 生きて話を しておるが

それに確証与えるために ハグしよう

そして あなたと皆様方を 心より歓迎します

アロンゾ

あなたがまさに その人なのか どうなのか

今までわしを からかっていた

魔法の主か 分からぬが

あなたの鼓動 血が通う人 そのままだ

あなたの姿見てからは わしの心痛 和らいだ

痛みのせいで 狂気に心 奪われていた

これ現実と言うならば きっと不思議な物語
その底に あるのでしょうね
ミラノ公国 お返しします
わしの罪 お許しを 願いたい
でも どのようにして 生きておられた？

プロスペロ

（ゴンザーロに）まずこの腕で
高齢に なられたあなた ハグさせてもらいます
あなたへの恩 測り知れない 無限です

ゴンザーロ

この事は 夢か現か幻か 分からない

プロスペロ

まだこの島の 微妙な味を
味わわれては いないので
確かな事も 分からない
ようこそここへ ご一同
〈セバスチャンとアントニオに傍白〉
そこにいる お揃いの お二人よ
わしがその気に なったなら 大逆罪を 申し立て
王の不興を 招くのは 容易な事だ
だが今は 話さない

セバスチャン

〈傍白〉悪魔が人に乗り移り 話しているぞ

プロスペロ

いや違う！
（アントニオに）
邪悪なおまえ 弟と呼ぶのさえ
汚らわしいが 許してやるぞ
極悪非道 その罪も その他の罪も みんな皆
だが わしの 公国だけは
返してもらう 異存はないな！

アロンゾ

もしあなた プロスペロなら
どのようにして 生き長らえて こられたか
どのようにして 我々と遭遇したか 教えてほしい
この岸辺にて 難破してから まだ三時間
思い出す度 胸を刺す
大切な 息子が溺れ 死んだのだ

プロスペロ

労しく 存じます

アロンゾ

掛け替えのない 命をここで 失った
忍耐も限りあり 癒す力は残っていない

プロスペロ

あなた まだ 充分に
忍耐に 助力求めて いないはず
慈悲にすがって 忍耐の助け得て 不幸に耐える
今 わしは 安らかな 境地にいます

アロンゾ

　あなたも同じ ご不幸を?!

プロスペロ

　時も同じで 不幸のほども 同じもの

　だがそれを 慰める 手立てにおいて

　わしのほう 分が悪い わしは娘を失った

アロンゾ

　娘さん！

　ああ共に 生きていたなら

　ナポリの王と 王妃であった

　それがもし 叶うなら このわしが 海底の泥の中

　埋められようと 厭わない

　いつ娘さん 亡くされた？

プロスペロ

　先ほどの 嵐の後で

　わしが思うに 出会いの事で 驚くあまり

　あなたご自身 理性を失くし

　目が映す 真実を 理解せず

　言葉の意味も よく分からなく なっている

　そうではないか？

　いかに感覚 狂ってようと

　わしはまさしく プロスペロ

　ミラノから追放された 大公なのだ

　そのわしが 奇遇にも

あなた方 難破した この島に
ずっと昔に 流れ着き その島の主(ぬし)と なっていた
だがこの話 後にする
毎日の積み重ね その記録
朝食のテーブル越しで 話す事でも
会ってすぐ 話す事でも ありません
ようこそ 王よ この岩屋へと
この中が わしの宮廷なのだから
仕える者は ほとんど皆無
家来など 島中に 一人もいない
この中を ご覧ください
我が公国を 返してもらう返礼に
それに劣らぬものであり あなたには満足となる
奇跡をここに お与えします

(岩屋の帳(とばり)を開く ファーディナンドとミランダが
チェスをしている姿が見える)

ミランダ
　そんなのずるい
ファーディナンド
　全世界 引き換えに もらえても
　ずるい事など してないからね
ミランダ

二十もの 王国奪う ためならば

あなたはきっと 口論するわ

でも私 フェアー・プレイと 言ってあげるわ

アロンゾ

もしこれが この島の 幻影ならば

わしは再び大切な 息子失う事になる

セバスチャン

絶対的な ミラクルだ！

ファーディナンド

恐怖与える 海もまた 慈悲の心が あるらしい

やみくもに僕 海を呪っておりました

（アロンゾに跪く）

アロンゾ

おまえの上に 喜び満ちた

父親の祝福 すべて与えよう

立ち上がり どのようにして

ここに来たかを 話してごらん

ミランダ

あら 不思議 何て素敵な 人たちが

こんなに多く いらっしゃる

人間は美しい ああ素晴らしい

ニュー・ワールドね こんな人たち いるなんて！

プロスペロ

おまえには すべての事が新しい

アロンゾ

　おまえがチェスを していた女性 誰なのだ？

　知り合って まだ三時間も 過ぎぬはず

　我々を 引き離したが

　また引き合わせ してくれた 女神なのかい？

ファーディナンド

　父上 彼女 神ではなくて 人間ですよ

　でも 神の ご意思によって

　僕のものにと なりました

　そう決めた時 生きてられると 思えずに

　父上の 助言を求める 事できなくて…

　この女性 高名なミラノ大公 その娘さま

　大公のお名前は かねがね聞いて いましたが

　お会いしたのは 今日が初めて

　大公により 僕は第二の 命授かり

　その娘さま 僕に第二の 父親を 授けてくれた

アロンゾ

　そうなると わしはこの娘の 二番目の父親だ

　さぞかし変に 思えるが わしはまず 我が娘には

　謝罪しないと いけないな

プロスペロ

　いや やめましょう 過ぎ去った 重荷など

　思い出に 背負わせるのは 酷な事

ゴンザーロ

心で私 泣いていた それで言葉が 詰まって言えず
ああ神々よ 下界見下ろし
見初め合う 二人には 祝福の冠 お授けください
我々を 喜びの場に 導いたのは
他ならぬ 神々の ご意思ですから

アロンゾ

わしも一緒に 祈ります

ゴンザーロ

ミラノ大公 追放された そのわけは
御子息が ナポリの王と なられるために?!
この喜びの 最たる印
不滅の塔に 金文字で 刻みつけよう
「船旅一つ クラリベル チュニスにて 夫を得
海で消えたる ファーディナンドは 妻を得る
プロスペロ 貧しき島で 公国を得て
我ら一同 知らぬ間に 自らを得る」

アロンゾ

(ファーディナンドとミランダに)
さあここに お二人の手を
君たちの幸せを 願わぬ者に
嘆き悲しみ 宿るであろう

ゴンザーロ

そうなる事を信じ アーメン!

143

（呆然とした船長と水夫長を連れ エアリアル登場）

陛下 あそこを ご覧ください 我らの連れだ！
私の預言 的中ですね 陸の上 絞首刑ある限り
この男 溺れ死んだり する事ないと
船上で 悪態ついて いたくせに
陸に上がれば 一言も話せない?!
何か知らせを 持って来た？

水夫長

最高の吉報<ruby>吉報<rt>きっぽう</rt></ruby>は 王さまと皆様が ご無事な事で
次の吉報 船の事 三時間前 真っ二つにと
割れたはず ところが今は 頑丈で軽快で
装備整い 初めての 船出の時の様子です

エアリアル

〈プロスペロに傍白〉
これみんな 私がやった事ですよ

プロスペロ

〈エアリアルに傍白〉上出来だ！

アロンゾ

この世の事と 思えんな
不思議な事が 不思議越し 摩訶不思議
おい どうやって ここに来た？

水夫長

しっかりと 目を覚ましてた

そう言えるなら 説明します

でもみんな 眠りこけ

船底に 押し込められて いたのです

ところがさっき うなり声 叫び声 吠え声や

ジャンジャンと鳴る チェーンの音や

不気味な音色 聞こえてき

目を覚ましたら 急に体が楽になり

目の前に 王の立派で 堂々とした

船がきれいに 装いを 新たにし

準備万端 整っておりました

船長は それを見て 大喜びで

それがその アッと言う間に

夢幻か みんなから 引き離されて

否応なしに ここまで連れて 来られたのです

エアリアル

〈プロスペロに傍白〉上出来でしょう

プロスペロ

〈エアリアルに傍白〉よくやった

もうすぐおまえ 自由の身

アロンゾ

これほどの 不可解な 迷路で迷う事まあないな

自然を超えた 何らかの 力がここに 働いておる

我ら持つ 知識では 分かるまい

神託を 仰がねば ならないな

プロスペロ

ナポリ王 この不思議さに
それほど心 乱される事 ありません
近いうち 機会があれば
一つずつ 謎を解いて あげましょう
そうすれば すべての事に
ご納得 いただけるはず
その時までは 気楽に構え
何事も 楽天的に 願います
(エアリアルに) ここへ来い エアリアル
キャリバンと その連中に 自由与えろ
今すぐ魔法 解いてやれ (エアリアル退場)
どうされた? ナポリ王
お供の中に まだわずか 戻らぬ者が いるのです
お気づきだとは 思えませんが…

(盗んだ着物を着たキャリバン ステファノ
トリンキュロを追い立てて エアリアル登場)

ステファノ

すべての者は 他人のために 尽くすべし
自らの事 それだけを 思ってはダメ
すべての事は 運しだい

146

　　元気出せ！ 怪物よ！ 元気出せ！

トリンキュロ

　　俺の目が 節穴で ないのなら

　　これはさぞかし いい眺め

キャリバン

　　ああ セテボスさま！

　　妖精たちも 素晴らしい

　　ご主人さまも きらびやか

　　きっとおら こっぴどく お仕置きされる

セバスチャン

　　ハハ こいつらは 何者だ?!

　　アントニオ 金を出したら 買えるかな？

アントニオ

　　買えるでしょうよ そのうちの一匹は

　　間違いなく 魚だな 売り物になる

プロスペロ

　　ご一同 この三人の着ている服を ご覧あれ

　　正直者かどうなのか その服が教えてくれる

　　グロテスクだが この者の母親は 魔女である

　　月を支配し 湖の満ち干を左右していた

　　この三人は わしの私物を 盗んだ上に

　　悪魔が生んだ 私生児は 他の者たちと 結託し

　　わしの命を 奪おうとした

　　二人のこの召使い ご存知だろう

この闇の者 それだけは わしのもの

キャリバン

　　これじゃ つねられ 殺される

アロンゾ

　　これはステファノ 執事であって 飲んだくれ

セバスチャン

　　酔ってるぞ今 どこでワインを 手に入れた？

アロンゾ

　　トリンキュロさえ 千鳥足

　　一体どこで 高級ワイン発見したか？

　　顔が真っ赤に なっている

トリンキュロ

　　別れた後は ひどい目の 連続で 酔い潰れ

　　こうなったなら 晒し者になったって 構わねえ

セバスチャン

　　おい 元気だせ ステファノよ

ステファノ

　　触ったり なさらずに ステファノじゃ ありません

　　マラリア熱に 罹ってるから

プロスペロ

　　おまえだな この島の 王になろうと していた者は

ステファノ

　　なっていたなら 邪悪な王に

アロンゾ

（キャリバンを指差し）

こんな奇妙な モノなんか 見た事がない

プロスペロ

この男 姿同様 性格も歪(いびつ)です

さあ岩屋へと 入るのだ 仲間も連れて 行くように

わしの許しを 得たければ 整理整頓 しておけよ

キャリバン

はい しておくよ これからは

利口になって 気に入られるよ

おらの馬鹿さは 頓馬(とんま)の馬鹿さ

飲んだくれなど 神様と勘違いして

うすのろを 拝んだりして

プロスペロ

さあ早く 行け

アロンゾ

その着物 元のところへ 戻しておけよ

セバスチャン

元ではなくて 盗んだところ！

（キャリバン ステファノ トリンキュロ退場）

プロスペロ

さあ ナポリ王 お供の方とご一緒に

我が岩屋へと お招きしたい

今宵はそこで お休みを
一時を割き それまでの わしの話を お聞かせしよう
時の歩みも 早くなるはず
わしの島での 物語 過ぎ去った 出来事などを
朝になったら 船まで行って そしてナポリへ
わしの望みは 愛し合う 二人が誓う
婚礼を 見る事だ その後は ミラノに戻り
召される日まで 心静かに待つ所存

アロンゾ

是が非でも 身の上の事 聞かせてほしい
不思議な話 心奪うに違いない

プロスペロ

何もかも お話しします
それに約束 してもいい
穏やかな海 順風で船足速く
はるか先行く船団に 追いつく事は確実だ
〈エアリアルに傍白〉
可愛い娘 エアリアル いい娘だよ
これが最後の 務めだからな
その後は 大気に溶けて 自由の身
元気でな！
皆様方よ こちらへどうぞ

（一同退場）

エピローグ（プロスペロの語り）

さて これで 私の魔法 消えました
もう自らの 力以上の力など なくなりました
もう私 一人です 微力です
この島に 留め置かれ 放置です？
それともナポリ 送られるかは 天気しだいで？
みんなこれ 皆様の 気持ちしだいで
我が公国は 手に戻り
裏切者は 許したり
何もない島 残るがいいと
そんな魔法は かけないで 済むのがいいと
さあ皆様の お手を拝借 させてください
数の力で いましめを お解きください
皆様の 温かい 声援で 我が船は 進みゆく
帆が膨らまぬ そうなれば 止まりゆく
妖精おらず 魔法杖なく 祈りあるのみ
祈りに救い ないのなら 結末は 悲嘆のみ
祈りにて 慈悲なる神を 呼び起こす
神様は 我々の罪 すべてを赦す
皆様も 自由の身 お求めでしょう
皆様の 寛容が 私に自由 与えるでしょう

あとがき

　『マクベス』でも『リア王』でも、劇の副筋は主筋に何らかの形で貢献するものであった。ところが、『テンペスト』の主筋はプロスペロがアロンゾの船を難破させ、故郷のミラノ公国に帰る、ただそれだけである。プロスペロの魔法と「復讐心から赦しへ」という彼自身の心の変化の過程が中心的なテーマで、他の二か所で起こることは、それぞれエピソード風である。プロスペロとそれらを結び付けているのが、妖精のエアリアルである。

　父親が溺死したと嘆くファーディナンドと、純真無垢なミランダとのおとぎ話的な恋愛と結婚の話。息子を亡くしたと嘆くアロンゾと、彼を殺害したら王になれるとセバスチャンに囁き、その気にさせるアントニオ。もう一方は、キャリバンに担ぎ上げられて、プロスペロを殺そうとするステファノと仲間のトリンキュロの副筋が、主筋に特に絡むことなく進行する。

　マクベスにあるスピード感のある展開は見られない。では、駄作かと言うととんでもない。主人公は、人間としては怒れるリア王と共通項があるプロスペロだが、「本当の主人公」はプロスペロや妖精エアリアルの行う「魔法」である。幻想が創る世界が我々の現実世界と対比されていて、孤島が不思議な空間となっている。

　こんなわけの分からない結論を書くだけでは、眠りや夢が大切なこの作品をお読みいただいた直後、読者に私がイカサマの催眠術をかけるようなものである。そう思いつつ、シェイクスピアは現実世界の醜さを一方で描き、理想世界を作り上げることの大切さを語っているのではないかと言わせてもらう。

　話は変わるが、アイルランドの西の果てアラン諸島に、私が研究していた J. M. シングというアイルランドの劇作家が日曜日になると座ったという「シングの椅子」なるものがあるので、わざわざ出かけてみたことがある。そこは三つの島からなるアラン諸島の真ん中の島、イニシュマン（Inishmaan）島である。

　何となく、なじみがあると思っていたら、私の苗字、今西（Imanishi）のアナグラム的（anagram= つづり変え［ゲーム］）名前である。　アナグラム的だから行ったわけではなかったが、その島に親しみを感じた。『テンペスト』と何の関係があるのか ?! と問われるだろう。答えると、「島だから」。そんな答えじゃ「しまりがない」、バカにするなと叱られそうである。本当の答えを言うと、キャリバン（Caliban）は「人喰い人種」（cannibal）のほぼアナグラムなのだ。［前者（島の名と人名）では「a, i, n」、後者（キャリバンと人喰い人種）では「n」の数が違うが…］

　シェイクスピアは言葉遊びが大好きである。それが、私がシェイクスピアの大ファンである理由だ。シェイクスピ

ア研究なんて私にはムリ…。

　「人喰い人種について」というのが、シェイクスピアが読んだモンテーニュのエッセーの一つである。

　「キャリバンは　有色人種　我らも同じ」

　「白色人種　その視点なら　我らも同じ（なぜか今の日本人には西洋人的な視点がある）」

　ミランダにはその人種的な偏見はない。彼女は聖なる女性として描かれている。

　シェイクスピアを七五調で訳そうとしたのも、誰もしていないことをする！という、私の「変わった主義者」（利己主義者［egoist］ではない）の為せる業なのだが、イギリスでは、"male-chauvinist pig"（男性優位主義者の「豚？」）だと、イケスカないフェミニストになじられていた。「怒りはじっと耐えて、いつか必ずリベンジを！」そう誓っていたが、それを未だ実行したことがない。人前に出るのが嫌、目立つのはイヤなのに人と違うことばかりをしたがるという、アナグラム的な性格で常に人生グチャグチャで、こんなことを「あとがき」に書いていていいものかさえ分からないのに書いている。でも誰もしてないことだから、やっている。

　「シェイクスピアが　プロスペロ借り　最後の挨拶　したように　七五調シリーズはまだ　四作目　これでお別れ　では

ないが シェイクスピア 彼の最初の 全集も なぜか最後の
『テンペスト』一番最初 掲載されて おりまする」

　皆様の お許しを 頂いて
　あとがき 最後 20 行
　シェイクスピアの エピローグ
　その真似をして 二行連句[30]で やってみる
　それで お別れ いたします

　　　　「我がエピローグ」

　本文の訳 あとわずか ホッとして
　あとたった 20 行 エピローグして
　『テンペスト』とも お別れだ
　次の作品 何にする？ ああ あれだ！
　ところが これが 早とちり
　もろくみは 夢と散り
　困ったことに 最後の最後 二行連句だ
　すんなり できん 僕の文句だ
　例えて言うと "bands" と "hands"
　韻を踏むので 簡単に 終了ならず
　これを無視して 終われない

30　二行で一組の詩形式を構成する

僕の心は　やるせない
皆様の　声援あれば　船　進みゆく
終焉の　港へと　辿り着く
妖精いない　魔法はないし　ない秘薬[31]
祈るだけでは　どうにもならぬ　止まる翻訳
こうなれば　謝罪するしか　打つ手ない
これ訳さずに　済ませたら　能がない
皆様も　人生で　艱難辛苦　経験のはず
これ終えたなら　稚拙な訳も　赦されるはず

　最後になりましたが、この作品を出版して頂いた風詠社社長の大杉剛さま、いつも優しい笑顔の牧千佐さま、心を込めて編集して頂いている藤森功一さま、校正をして頂いた阪越エリ子さま、そして読みづらい手書きの原稿をパソコンに打ち込んでくれた藤井翠さまに感謝申し上げます。

....
　前作のクイズの答　「ロシア」と「フランス」

────────────
31　「ワイン／酒」のこと

156

著者略歴

今西 薫

京都市生まれ。関西学院大学法学部政治学科卒業、同志社大学英文学部前期博士課程修了（修士）、イギリス・アイルランド演劇専攻。元京都学園大学教授。

著書

『21世紀に向かう英国演劇』（エスト出版）

『*The Irish Dramatic Movement: The Early Stages*』（山口書店）

『*New Haiku: Fusion of Poetry*』（風詠社）

『*Short Stories for Children by Mimei Ogawa*』（山口書店）

『*The Rocking-Horse Winner & Monkey Nuts*』（あぽろん社）

『*The Secret of Jack's Success*』（エスト出版）

『*The Importance of Being Earnest*』〔Retold版〕（中央図書）

『イギリスを旅する35章（共著）』（明石書店）

『表象と生のはざまで（共著）』（南雲堂）

『詩集 流れゆく雲に想いを描いて』（風詠社）

『フランダースの犬、ニュルンベルクのストーブ』（ブックウェイ）

『心をつなぐ童話集』（風詠社）

『恐ろしくおもしろい物語集』（風詠社）

『小川未明＆今西薫童話集』（ブックウェイ）

『なぞなぞ童話・エッセイ集（心優しき人への贈物）』（ブックウェイ）

『この世に生きて　静枝ものがたり』（ブックウェイ）

『フュージョン・詩＆俳句集 ―訣れのPoetry―』（ブックウェイ）

『アイルランド紀行 ―ずっこけ見聞録―』（ブックウェイ）

『果てしない海 ―旅の終焉―』（ブックウェイ）

『J. M. シング戯曲集 *The Collected Plays of J. M. Synge* (*in Japanese*)』（ブックウェイ）

『社会に物申す』純晶也［筆名］（風詠社）

『徒然なるままに —老人の老人による老人のための随筆』（ブックウェイ）

『「かもめ」＆「ワーニャ伯父さん」—現代語訳チェーホフ四大劇Ⅰ—』（ブックウェイ）

『Newマジメが肝心 —オスカー・ワイルド日本語訳』（ブックウェイ）

『ヴェニスの商人』—七五調訳シェイクスピアシリーズ〈1〉—（ブックウェイ）

『マクベス』—七五調訳シェイクスピアシリーズ〈2〉—（風詠社）

『リア王』—七五調訳シェイクスピアシリーズ〈3〉—（風詠社）

＊表紙にあるシェイクスピアの肖像画は、COLLIN'S CLEAR-TYPE PRESS（1892年に設立されたスコットランドの出版社）から発行された *THE COMPLETE WORKS OF WILLIAM SHAKESPEARE* に掲載されたものを使用していますが、作者不明のため肖像画掲載に関する許可をいただいていません。ご存知の方がおられましたら、情報をお寄せください。

『テンペスト』 七五調訳シェイクスピアシリーズ〈4〉

2023年2月19日　第1刷発行

著　者　今西　薫
発行人　大杉　剛
発行所　株式会社 風詠社
〒 553-0001　大阪市福島区海老江 5-2-2
大拓ビル 5 - 7 階
℡ 06（6136）8657　https://fueisha.com/
発売元　株式会社 星雲社
（共同出版社・流通責任出版社）
〒 112-0005　東京都文京区水道 1-3-30
℡ 03（3868）3275
印刷・製本　小野高速印刷株式会社
©Kaoru Imanishi 2023, Printed in Japan.
ISBN978-4-434-31693-7 C0097

郵 便 は が き

料金受取人払郵便

大阪北局
承 認

6123

差出有効期間
2023 年 5 月
31日まで
（切手不要）

5 5 3 - 8 7 9 0

018

大阪市福島区海老江 5 - 2 - 2 - 710

㈱風詠社

愛読者カード係 行

ふりがな お名前					大正　昭和 平成　令和	年生	歳
ふりがな ご住所	□□□-□□□□					性別 男・女	
お電話 番　号			ご職業				
E-mail							
書　名							
お買上 書　店	都道 府県	市区 郡	書店名				書店
			ご購入日		年	月	日

本書をお買い求めになった動機は？
　1. 書店店頭で見て　　2. インターネット書店で見て
　3. 知人にすすめられて　　4. ホームページを見て
　5. 広告、記事（新聞、雑誌、ポスター等）を見て（新聞、雑誌名　　　　　　）

風詠社の本をお買い求めいただき誠にありがとうございます。
この愛読者カードは小社出版の企画等に役立たせていただきます。

本書についてのご意見、ご感想をお聞かせください。
①内容について

②カバー、タイトル、帯について

弊社、及び弊社刊行物に対するご意見、ご感想をお聞かせください。

最近読んでおもしろかった本やこれから読んでみたい本をお教えください。

ご購読雑誌（複数可）	ご購読新聞
	新聞

ご協力ありがとうございました。